致青春 101

汀南絲雨

（下）

狄戈　著

高寶書版集團

目錄
CONTENTS

第六章　歸國疑雲

大川對於司羽剛來就又要回國表示很不解：「果然是有錢人，坐飛機跟坐公車一樣，真不手軟。」

司羽把鑰匙交給他，叮囑道：「別忘了澆花。」

大川拿著才剛送走沒多久的鑰匙，頭痛地想：又要去求欣然學姐了。

「別把鑰匙給學姐。」司羽像是看穿了他的想法，回頭補上一句。

大川「嗯嗯啊啊」半天，鼓起勇氣問：「為什麼呀？」

「安潯不高興。」司羽的理由讓大川痛心疾首。司羽以前是多高傲的人，是他們男生的驕傲，多少女生都攻不下的男神，結果卻讓安潯吃得死死的。

司羽離開大川的房間便碰到剛從電梯出來的陸欣然，陸欣然問他：「今天回去？」

司羽點頭：「和教授申請了回國內實習，論文方面會用電子郵件聯絡。」

陸欣然「嗯」了一聲，猶豫半晌又問道：「雖然不知道你答應了你父親什麼，但想來不是好事，沒問題嗎？」

那天之後她便多少猜到他的家世不普通，陸欣然覺得，比起家族聯姻什麼的……她更希望跟他在一起的人是安潯。

司羽看了看斜後方的門，似乎是不想讓房間裡的安潯聽到。他微微壓低了聲音，說得輕描淡寫：「我爸總不會要我去殺人放火，只是家裡的一點事情。」

陸欣然稍微放下心來：「那就好。」

司羽和安潯回春江坐的是國航，機組人員清一色是國人，熱情周到，只是不知道為什麼，那些空服員看到司羽，總會躲在一旁竊竊私語。司羽不知道是習慣了還是並不在意，態度如常。安潯索性也不再探究，戴上眼罩準備睡覺，然後就聽到司羽向空服員要了毯子。毯子很快送了過來，他仔細地為安潯蓋上。安潯雖然還沒睡著，但已有了睡意，便動也不動地讓他把自己包得密不透風。

然而，隨後空服員的話讓她濃重的睡意一下子消失無蹤。

一個輕柔禮貌的女聲道：「先生，請問等一下下機的時候，可不可以和我們合影？」

司羽沒有立刻回答，似乎有點詫異，接著只聽他說道：「我想妳應該認錯人了，我不是明星。」

「我知道，我知道，只是我在網路上看了你的影片，正好今天碰到，所以……」空服員說他在富士山下救人的影片在國內的社群媒體上瘋傳，昨天上午才上傳，今天的點閱率已經破千萬次了。

一是因為救人影片激勵人心，大家親眼看著那臉色泛青、昏迷不醒的大叔，在他不間斷的胸外按壓下恢復呼吸；二是因為救人的人顏好腿長。英雄本就容易受人崇拜，如果再加上令人著迷的外貌和身材，不紅才怪。很多人詢問影片男主角是誰，一些留學生看到後，回覆說是東京大學醫學系的學長，男神級的人物，但為了尊重個人隱私，大家沒有再透露更多。

司羽很意外，安潯將眼罩推到頭頂，轉頭問他：「等等下飛機要不要戴個墨鏡和口罩？」

司羽笑：「不至於，過兩天大家就忘了。」

如今網路發達，每天都有新鮮事，不管是好的還是壞的，都很容易被遺忘。司羽說得沒錯，但安潯沒想到的是，這件事不過只是開端。

最終，司羽拒絕了空服員簽名與合影的要求，還在安潯的起鬨下戴了墨鏡，突然就有男明星的味道了。安潯要他低頭走路，大步流星。司羽把她摟過來：「戲真多。」

「簡直不要太帥！」安潯說，「真的像明星，等一下出去會不會有粉絲接機呀？」

「以後可能還會有後援會呢。」司羽邊走邊說。

安潯驚奇：「這你都懂？」

司羽失笑：「我又不是原始人。」

郭祕書來機場接他們，見到安潯也不意外，依舊像以前一樣規規矩矩地打招呼。回市區的路上，司羽和安潯坐在後座，安潯乖乖靠著司羽閉目養神。

郭祕書見安潯在休息也不好意思說話，幾經忍耐，終於還是開口：「羽少爺，先生要您回去解釋一下影片的事。」

司羽靠在椅背上，輕聲說：「沒什麼好解釋的，只是碰巧救了個人。」

郭祕書「哦」了一聲，半晌又說，「先生說，如果您想進娛樂圈，除非他……」郭祕書覺得這話大不敬，自動跳過，「先生還說，他寧願您去當醫生。」

司羽笑：「這倒是個不錯的主意。」

郭祕書提到影片，安潯便想看看。她的手機在國內暫時不能用，便借了郭祕書的手機，找到了那個據說占據各大社群媒體頭條的救人影片。影片明顯是圍觀路人的視角，好在影片中她沒有出鏡，只是一張模糊的側臉，替安潯省了很多不必要的麻煩。

司羽和安潯分別住在春江的一南一北，司羽先讓司機送安潯回家。安潯問司羽：「你在春江上過學嗎？」

司羽答：「高中在這裡讀的，城北那邊。」

安潯好奇：「離我家好遠，怪不得我不認識你。」

「離得近的妳都認識嗎？」

安潯搖頭：「倒也不是。」不過長得帥的多少會聽說，女同學們平時最喜歡談論校草、男神之類的。

沈司羽的腦子也不知道怎麼長的，安潯覺得自己根本沒透露什麼，他倒是很懂她的潛臺詞。他笑笑，回道：「我就當妳在誇我。」

安潯抿唇不答。

到了安潯家樓下，他皺眉：「妳家有點遠，我希望想見妳的時候就能很快見到。」

安潯看了前面的司機和郭祕書一眼，覺得有點難為情，拉著車門沒有說話。她將一直放在包包裡的那張金融卡塞進司羽上衣口袋裡，下了車，站在車門邊，手撐著車沿彎腰看他，說：「沒設密碼。」

司羽挑眉，覺得她這霸道總裁的架勢倒是學得很像：「向陽家給的錢？」

安潯點頭，朝他眨眼：「以後乖乖的，這些錢都是你的。」

前排的司機和郭祕書一臉震驚，心裡直呼這兩人相處的模式很詭異！

司羽輕笑，伸手拿出卡來，兩指夾著遞還給她：「妳拿著吧，就當聘禮。」

安潯一愣，反應過來後，瞥了他一眼：「想得美。」說完她又看了看郭祕書，似乎想道別，但被司羽這麼一鬧，有點害羞，索性直接走了。

郭祕書見安潯如此，忍不住笑了，笑著笑著突然嘆了口氣：「南少爺可不像您這樣會哄女孩子，可鄭小姐偏偏對他……這可真是不太好辦。」

「別告訴她我回來了。」司羽說。

郭祕書為難地道：「先生已經對鄭家說了。」

司羽皺緊了眉頭，已經開始不耐煩，良久，只道：「回去吧。」

「羽少爺，既然答應了先生，您就忍一段時間吧。」郭祕書說。

奔波了一天，司羽也有些疲憊，揉著眉心靠在椅背上，沒再說話。

安潯臨時決定回來，並沒有通知家人，按了門鈴後，就聽到安媽媽大喊：「安非，去開門。」

「我正在玩遊戲，媽，妳去。」安非的嗓門更大。

「你喝醉了吐在你爸那翡翠白菜上的事還想不想讓我幫你隱瞞？」

「媽！」安非大吼一聲。

這兩個活寶！

安潯和父親都是話少的人，安非母子沒來之前，這個家從來都是安安靜靜的。安潯非常理解父親為什麼會愛上安媽媽，就像他說的：善良、歡喜。

開門的是安教授，他見到安潯有點意外，又有點驚喜：「回來了，女兒。」

安媽媽拿著雞毛撣子從書房走出來，見到安潯眉間一喜：「哎喲，小安潯回來了，快進來，叫我的沈女婿也進來。」

「沈女婿？」安潯剛脫掉一隻鞋，聽到這個稱呼，抬頭看向安媽媽。

安媽媽點頭：「呼呼按兩下就把人救活的那個小帥哥，不是妳男朋友嗎？沒來嗎？」

安潯「哦」了一聲，去看沙發上玩手機遊戲的安非，他正縮著脖子假裝自己是透明的。

「還是安潯有眼光，那孩子真是又帥氣又善良，比易白好，你說是不是，安教授？」安媽媽說完，轉頭看向安教授，發現他正拿著電視櫃旁的翡翠白菜仔細檢查。

安非見狀索性遊戲也不打了，翻身從沙發上跳下去，想要悄悄跑開。結果他還沒走兩步就被安教授攔住：「安非，跟我去書房，我們談談這棵白菜是怎麼回事。」

安非平生最怕去安教授的書房，一進去不到兩個小時絕對出不來。他立刻露出一副生無可戀的模樣：「媽，我能承受得住，妳實話告訴我，我是不是妳親生的？」結果，安教授還沒教訓他，他就先被安媽媽的雞毛撣子抽了一頓。

安潯睡了很久，她是個很愛睡覺的人，缺的睡眠一定要補回來。醒來時她覺得不舒服，以為餓了，起床才發現肚子脹痛，原來是生理期提前了一週。安潯有點鬱悶，一定是被安藤川嚇的。

安媽媽敲門進去，喊她吃晚飯，卻一副神神祕祕的樣子，滿眼都在說：出來看看，有驚喜喲！

安潯躺在床上不想動，撒嬌道：「媽，我肚子痛。」

安媽媽「哎喲」一聲：「是不是生理期來了？妳先別動，我煮生薑紅糖給妳喝。」

不久，安媽媽端著薑糖水回來，嘴裡還一直嘮叨著安潯是不是在日本著涼了。安潯無力說話，乖乖喝完，嘴裡全是又甜又辣的味道，若不是肚子太痛，安潯根本不想喝這東西，一股怪味道。

安媽媽滿意地出去了，可不到一分鐘又拿了一個白色盒子進來，放到安潯的枕頭邊，笑得一臉甜蜜：「快遞，寄件者是沈司羽。」

是一部新手機，還有一張手機ＳＩＭ卡。

安媽媽太容易感動，神祕兮兮的模樣讓安潯差點以為是求婚戒指。

安潯喜孜孜地把ＳＩＭ卡裝好，剛開機沒多久便接到一個陌生號碼打來的電話。她按下接聽，對方沒有立刻說話，話筒裡傳來風聲，還有汽車的喇叭聲。

「司羽？」

『妳再不開機，我就要投訴那個快遞了。』他的聲音伴著風聲一起傳來，低低的，很好聽。

安潯打了個呵欠：「蠻不講理，我只是剛睡醒。」

『猜到了。』他說。

電話中傳來猛按喇叭的聲音，安潯問他：「你在外面？」

他『嗯』了一聲，然後慢慢說道：『安潯，出來。』

「嗯？」她隨口應著，隨即又反應過來，連忙坐起身，「你在我家？」

『樓下。』他說。

嚇死她了，還以為他在客廳。

安潯跳下床，卻忘了剛造訪的生理期，一落地肚子便絞痛起來。她忍痛套了件厚羽絨衣準備出門。安媽媽從餐廳出來，見她不吃飯還往外跑，問她去做什麼。安潯說跑步，嚇得安媽媽差點追出去。安教授攔住安媽媽：「年輕人是該多運動運動。」

安媽媽瞪他，一臉「你懂什麼」，隨即朝安潯喊道：「妳那個身體，跑什麼跑！」

安潯趕緊改口：「說錯了，散步。」

門口只有一輛銀灰色轎車，裡面沒有人，安潯環顧四周，看到司羽從街對面拿著兩杯咖啡走過來。對街那家咖啡店的咖啡很好喝，隔著馬路安潯似乎都能聞到那濃香的味道；而等他走近，安潯才注意到，他穿了一身西裝，打了領帶，不太協調的是還戴了一個黑色口罩。

第一次見他穿得這麼正式，還這麼合身。安潯思索著以後一定要叫他穿西裝讓她畫一次，其實穿西裝的人大街小巷到處都是，但只有他有種說不上來的禁欲感。

司羽站在她面前，伸手將口罩拉下來一點，還沒說話，安潯便好笑地看著他說：「被認出來了？」

「嗯，有點麻煩。」他皺著眉，點了點頭，似乎很煩惱，還想說什麼，卻忽然在不甚明亮的街燈下，注意到安潯神色懨懨，沒什麼精神的樣子，「臉色怎麼有點白？冷嗎？」

安潯肚子痛，感覺直不起腰來。她將額頭抵在他肩膀上，搖了搖頭。司羽一手摟住她，一手開了車門：「坐進來。」

她確實不想站在寒風中，可是車裡沒開暖風，不比外面暖和多少。安潯也不再害羞，剛坐進車裡就纏著他，窩到他懷裡。司羽愣了愣，將咖啡放進杯架，回手摟住她。

她變得黏人，很討人喜歡。

「哪裡不舒服？」他低頭輕問。

安潯臉頰貼在他的白襯衫上，呼吸噴在他的鎖骨上，讓他又熱又癢。

「你身上好涼。來多久了？」安潯問。

「沒多久。」他拿了杯咖啡放到她手中，想讓她喝一些暖暖身體。

安潯還在糾結這麼冷的天氣他等了多久：「你可以上去找我。」

反正家裡動不動就調侃她去日本的事，也默認她和沈司羽的關係，不怕他們知道得更多。司羽打開另一杯咖啡，車裡立刻香氣四溢，他喝了一口：「來得匆忙，什麼也沒準備。」

第一次見她父母，一定要做到完美。

安潯拿著咖啡暖手，司羽幾口就將咖啡喝完，把空掉的咖啡杯從車窗扔到路邊的垃圾桶裡，一發即中。安潯看著那杯子在空中劃出的弧線，挑眉：「你以前是不是籃球校隊的，一打球就會讓女同學激動得暈倒的那種選手。」

司羽搖頭：「我不打籃球。」

安潯感到意外，照理說，他這個身高，絕對可以在校隊打前鋒。

司羽看出她的疑惑，解釋道：「司南不喜歡……運動。」

「這樣啊。」兄弟倆感情看起來很好，可是她卻從沒見過兩人通電話。

司羽見她只拿著咖啡卻不喝：「為什麼不喝？」

安潯為難，思考一下措詞：「最近我不宜飲用咖啡。」

司羽疑惑了一下，立刻明白了，拿走她手中的杯子再次放進杯架，手摸向她腹部：「肚子痛？」

安潯意外他竟然明白她的意思，隨即轉念一想，他是醫生呀，當然懂。

司羽的手還留有咖啡的熱度。他拉開她羽絨衣的拉鍊，手鑽進毛衣底下，撫上她的小腹，輕輕地揉著。安潯舒服地窩在他懷裡一動也不動。

「從家裡宴會出來，到妳這裡，用了四十分鐘。」司羽的聲音在寂靜的車廂裡，顯得低沉性感，「我在想，四十分鐘的路程我竟然都忍不了，要是妳回義大利上學，從春江飛佛羅倫斯要十個小時，我會怎麼樣？」

他這段話說完，安潯感覺自己熱的不僅是他手下的小腹，還有心臟。

「安潯，」他將下巴抵在她的頭頂，輕輕地摩了摩，低笑一聲，似自嘲又似嘆息，「原來這就是熱戀啊。」

安潯聽了心臟開始不受控制，跳動不再穩定，還酥麻得要命。安潯想用深呼吸平復一下，卻沒什麼效果。她索性以毒攻毒，伸手去摟他的脖子，微微起身，抬頭吻向他。他意外她的主動，同時也沉浸其中。安潯感覺到他放在自己腹部的手還在輕輕揉著，小腹那裡火熱一片，不知不覺就不痛了，似有一股暖流，讓她全身都熱乎乎的。

車廂內和外面彷彿成為兩個世界，外面的世界離他們越來越遠，聽不清也感覺不到，滿心滿眼只有彼此。安潯的感官中全是司羽，司羽長長的睫毛、司羽熱燙的手……

「寶寶……」他這樣在她耳邊叫她，暗啞又迷人的嗓音，讓安潯心動得無以復加。

外面有車經過，一閃即逝。轎車的車窗上貼了暗色的玻璃貼，路人路過或許會轉頭看一下不太常見的豪華轎車，卻無法看清車內的人。

直到外面有口哨聲響起，有人大聲調笑：「那車裡是不是有人？」安潯聽到聲音還來不及思考，一個人的臉就貼上了前面的擋風玻璃，嘴裡還「喝」了一聲，似乎是故意嚇人。

車內昏暗，兩人又在後座，外面其實看不清，應該只是惡作劇。司羽放開安潯，讓她坐到一旁。他倒是做什麼都不疾不徐，竟慢慢扣上襯衫釦子、理了理西裝袖口，才開門出去。安潯看他從容不迫地站在車門外，雙手插在西裝褲口袋，對著前方喊道：「向陽，滾回來！」

向陽已經走到了社區大門的另一邊，那裡停了兩輛車，車邊幾個年輕人正在閒聊，他們聽到司羽的聲音，都轉頭看過來。只有向陽，像是被嚇了一跳，猛地抬頭，待看清轎車旁邊的人，愣了一下，半晌才對身旁的易白嘟囔了句：「我真是倒了八輩子楣了！」

看到司羽他就想起在海水裡泡了一天的自己，回家後還被老爸打了一頓。不知道是不是心理作用，向陽覺得後背又有點隱隱作痛。這簡直是他有生以來的奇恥大辱，偏偏有氣沒地方出，碰不得，惹不得，罵不得。

其他幾人不知道兩人之間的恩怨，問易白這人是誰。易白沒說話，只是看向車子後座，像是能看穿一樣，臉色突然變得難看。

向陽走過去，在隔司羽一段距離的地方站定。他舉了舉手，一臉無辜地說：「這次我可沒碰你的車。」

司羽看著他，慢悠悠地道：「是嗎？」

向陽摸不透他的表情，猜不準他的心思，心下憤恨，覺得這下在朋友面前丟臉丟大了，一時間走也不是，不走也不是，猶豫半天咬牙說道：「是，是我嘴賤，沈先生您大人不記小人過……」

向陽不太情願地嘟嘟囔囔道歉，這時社區裡開出來一輛車，停在他身側，安非從駕駛座探出腦袋：「向陽，你站這裡幹什麼？」

安非說著又順著向陽的視線看去，見到司羽，下意識地喚道，「姐夫？」這句姐夫剛喊出口，安非便發現另一側的易白，神情一頓，轉了轉眼珠乾咳道，「向陽，快上車，我爸今天不讓我出門，我是偷溜出來的。」

說完安非又咳了一聲，也不看易白，只覺得真是尷尬！說起來都要怪他媽，天天在家「你姐夫多大，你姐夫多高，你姐夫性格如何」，搞得他看到司羽就不自覺地喊了出來。

向陽沒動，轉頭看司羽。司羽已不似剛才那副冷冰冰的樣子，神情柔和了許多，嘴角也彎了起來，對安非說：「走吧。」

「好的，姐……」安非咧嘴笑，瞥了易白一眼，「咳，夫。」

司羽不再與他們說話，轉身上了車。向陽還有點反應不過來，心想他這次就這麼輕易放過自己了？想歸想，向陽還是俐落地跳上安非的車，以免司羽反悔。

安非轉了個彎駛上馬路，沒走多遠突然又放慢速度：「沈司羽是不是來找我姐的？哎啊，我忘記告訴他我姐去跑步了。」

向陽像看白痴一樣看他：「你姐說她去跑步？」

安非點頭：「是啊。」

「你信？」

「信啊，怎麼了？」安非恍然，「也可能不是跑步。」

向陽點頭：「肯定不是。」

安非：「她是去散步。」

向陽：「……」

向陽心想：你姐在車裡跟沈司羽一起呢，你這蠢貨！

司羽再次坐進車裡，安潯正拿著手機打電話。

「爸，安非剛和他那些狐朋狗友出去了，你快把你的翡翠白菜、翡翠彌勒什麼的收起來，小心回家他又吐……對，我散步時看到的……是，必須好好教訓……嗯，我等一下就回去。」安潯說完把電話收進羽絨衣口袋裡，轉頭看向司羽。

司羽輕笑：「散步？」

安潯笑得有點調皮，也許是惡作劇之後的小得意：「不說散步，難道要說沈司羽欺負我的時候被安非的朋友發現了？」

司羽的眸子在昏暗的車廂中沉了沉，隨即伸手抬起她的下巴，在她的唇上咬了一口：「再這麼笑，就讓妳知道什麼才是欺負。」

沒過多久，司羽接到一通電話就走了。他似乎很忙，安潯並沒有問他在忙什麼，只是告訴他不用怕冷落自己，因為她明天開始要閉關畫畫。

司羽聽後，覺得被冷落的人是自己才對。

安潯回到家，發現客廳裡的翡翠白菜和翡翠彌勒都不見了，語重心長地對安教授說：「爸，你要揍安非一頓他才會記住。」

安教授深表贊同。

司羽走時問她為什麼總是欺負安非，安潯說安非大嘴巴，什麼都和安媽媽說，惹得安媽媽最近幾天一直問她「沈女婿」的事。安潯一說完司羽就笑了，他說妳的家人有點討人喜歡，說他喜歡他們對他的稱呼，還問安教授怎麼稱呼他。

安潯剛想到這裡，就聽安教授說道：「女兒，妳媽說沈家那小子送了妳一支手機？妳明天趕緊買一支還回去，別讓人覺得我們家小氣。」

沈家那小子——安潯當然不會告訴司羽她爸都這樣稱呼他。

竇苗找上門的時候已經晚上八點多了，安教授早已回了書房，安媽媽在看電視劇。安媽媽見竇苗進來，誇她又胖了不少，說這樣真好，瞧她家安潯瘦的。

竇苗哭喪著臉跑去安潯房間，問她：「安媽媽是不是很會說反話？」

安潯笑：「我媽就喜歡胖胖的身材，那是她的真心話。」

「所以妳也覺得我胖？」竇苗怒道。

「……確實胖了不少。」安潯說。

竇苗先是數落安潯失蹤那麼久聯絡不上，又要看她最近的作品，說手裡已經接下好幾個單子了。安潯以作品都在汀南沒拿回來為藉口，搪塞過去。

「沈司南還有跟妳聯絡嗎？」竇苗突然問她。

上次發出去的郵件還沒有收到任何回覆，安潯搖頭：「已經很久沒聯繫了。」

竇苗感嘆：「也不來找我買妳的畫了，真是的，少了這麼個大主顧。」

安潯見她愁眉苦臉，安慰道：「別擔心，我找人打聽一下他是不是有『新歡』了，怎麼樣？」

「妳認識認識沈司南的人？」

安潯笑，覺得她的問話很有意思，順著她說：「我認識認識沈司南的人。」

「誰？」竇苗眼睛都亮了，有種神祕的沈司南要曝光的感覺。

安潯想了想，形容道：「一個做菜好吃、能當模特兒、當抱枕，顏好腿長超有錢的人。」

「呿！」竇苗顯然不信，「真的有這種人？妳最近不好好畫畫都在看小說了吧？」

竇苗主要是來送邀請函的，之前她把安潯的一幅畫委託給一個拍賣行，拍賣行送了張請柬，想邀畫者去坐鎮。安潯看了看時間，後天晚上七點，沈洲飯店。

安潯原本計畫這兩天要把富士山那幅畫完成的，結果第二天一早，竇苗就來找安潯逛街，說自己受了刺激，要買些顯瘦的衣服。因為臨近年關，百貨公司裡的人不少，竇苗要買衣服的呼聲雖高，但無奈阮囊羞澀，最後買的竟然不及安潯的三分之一。

「這是最後一家店了，我不行了。」竇苗手上提著的大多是安潯的東西，她癱在店裡的長椅上，一動不動。

安潯看了她一眼：「竇苗，妳缺乏運動，沒事多跑跑步。」

說到跑步，又想起昨天晚上的事，安潯有片刻走神。而就在這走神之際，身邊的一位女士指著安潯手裡的鞋子問專櫃人員：「這雙鞋有三十六號的嗎？」

專櫃人員立刻熱情地說：「有的，鄭小姐您稍等。」

看起來像是店裡的ＶＩＰ，安潯回頭看向鄭小姐，發現是個年輕漂亮的女人，眉目柔美清秀，有種嫻靜溫雅的氣質。

鄭小姐見安潯看著自己，對她笑笑，很親切：「我們的眼光一樣。」

那位鄭小姐拿著鞋子走了，最後安潯也買下了那雙鞋，刷卡的時候竇苗一直在旁邊碎念著保佑自己發大財。

司羽忙了兩天不見蹤影，早晚兩通電話，偶爾傳個訊息聊兩句，他總是會問「寶寶有沒有想我」。每次他問這句話，安潯就知道他確實是陷入熱戀了。

他家裡的事他不主動說，安潯也不主動問，知道他原本學的是金融，所以他回公司幫忙也無可厚非。只是有次安潯打電話過去，他似乎在開會，那邊異常安靜，只聽到有人用麥克風在報告，還有人在他附近問：『沈總，是否繼續？』

他回答『稍等』，然後是一陣寂靜無聲，隨著開門關門聲響起，她猜他走出了會議室。他說：『安潯，我之前不想進公司是覺得哥哥做得很好，現在不想，是因為根本沒時間見妳。』不知道從什麼時候起，安潯總是會因為他隨意一句話就心動得一塌糊塗。

第三天晚上，竇苗開車去接安潯前往拍賣會。竇苗作為助理，一整晚都要跟著她。能有機會認識上流人士讓竇苗興奮了很久，但當她見到安潯穿得正式又略顯性感地走出來時，她便不想跟安潯去了。

竇苗想，豔壓群芳大概說的就是安潯這種人吧。有才華就醜一點，或者漂亮就無腦一點，這樣才公平。安潯這種，還真的挺討人厭的。

這晚的拍賣會主題是字畫，安潯意外地看到祖父的一幅水墨畫，那是九歲那年，她親眼看著祖父畫的菊花。

安潯的油畫是第一排的一位女士得標，剛開始還有人和她競標了幾輪，最後見她勢在必得，便一個個退出了。

一個意想不到的價錢，安潯有點意外，輕聲問竇苗：「我身價又漲了？」

竇苗十分高興：「拍賣會誰說得準？有兩個人看上就能競標到天價，今天要是沈司南在，妳這幅畫還不知道會被喊到多高呢。」

一旁站著的工作人員聽到她們的對話忍不住笑起來，覺得大畫家和她的小助理還挺有意思，忍不住插嘴道：「得標的那位是威馬控股董事長的女兒，也是沈洲集團總裁沈司南的未婚妻。」

竇苗驚訝地張大了嘴，忙對安潯說：「他們全家都喜歡妳啊！」

安潯還是那副泰然自若的模樣，淡淡地道：「是啊，他們全家都喜歡我啊。」

竇苗搖頭感嘆。

「他們家有個人特別喜歡我。」安潯又說。

「誰啊？」竇苗問。

「我也挺喜歡他的。」安潯又說。

「聽不懂妳說什麼。」竇苗不願意再和她說話，轉身繼續和那工作人員聊天，想探聽沈司南的事情。

工作人員說：「鄭小姐旁邊的空位就是預留給沈司南的，可是不知道他為什麼沒來。沈司南太神祕了，我還想看看他長什麼樣子呢。」

安潯回頭看了他一眼，男人怎麼還這麼八卦？

拍賣會結束後，竇苗去準備委託合約，還要和拍賣行核算佣金，忙得焦頭爛額。安潯倒是悠閒地在休息室等待。期間司羽打電話來問她在哪裡，她說在沈洲飯店參加一個拍賣會。

司羽驚訝：『妳竟然在那裡？』

「哦，來你家飯店忘了通知你了。」

司羽失笑：『結束了嗎？』

「剛結束。」

『在那裡等我，我等一下就到。』

安潯剛掛了電話就有工作人員來敲門，表示得標的鄭小姐想見見創作者。安潯想起競標時，這位鄭小姐毫不猶豫的模樣，便覺得她不一定是喜歡自己的畫，而是非常喜歡沈司南。

鄭小姐跟在工作人員身後進來，安潯還沒見到人，就先注意到她的鞋子。好樣的，撞鞋了。

工作人員熱情地為她們介紹彼此，安潯這才發現這位鄭小姐竟然就是昨天在專櫃遇到的那位。

「這就是安潯小姐。安小姐，這位是鄭希瑞小姐。」

鄭希瑞也很驚訝，但她似乎不是驚訝兩人昨天的偶遇。她問：「妳是安潯？」

安潯點頭：「妳好，我是安潯。」

鄭希瑞這才禮貌地伸出手：「太抱歉了，我竟然一直以為妳是……額，年齡比較大的姐姐。」

確實很少會有這麼年輕的女孩獲得如此成就。

安潯十分確定，這位鄭小姐是替沈司南買畫：「沒關係，經常有人這樣認為。」

工作人員為兩人送來了茶水後就出去了。鄭希瑞直捷了當地問安潯：「妳手裡還有其他畫作嗎？我想要看看。」

「我助理那裡還有幾幅，妳可以直接和她聯絡。」安潯通常不自己談生意，不過她倒是有點好奇，「是沈司南請妳幫忙買的嗎？他怎麼沒有來？」

鄭希瑞聽她這麼說，突然沉默了一下，才笑道：「其實是我想送給他，有一次在他家見到很多妳的畫，想來是挺喜歡妳……」

說到這裡，她突然頓住，看向安潯的目光慢慢變得複雜。

安潯本來沒多想，見她突然不說了，又是這副神情，心下了然：「我和他……不太熟，我有男友。」

被面前的女孩察覺到自己的心思，鄭希瑞有些不好意思地說：「對不起，我只是沒想到妳這麼年輕漂亮，司南又把妳的畫當寶貝，我……」

安溽確定鄭希瑞是個單純又誠懇的人，心裡想什麼都不會掩飾，於是，忙向她解釋：「他應該只是單純喜歡我的畫。」

鄭希瑞不是很愛笑，但是笑起來很溫柔，很好看，說：「如果他知道妳今天來參加，應該會出席的。我記得上次訂婚宴他跟司羽說有邀請妳，哦，司羽是他弟弟。」

從別人口中聽到司羽的名字，安潯竟覺心生蕩漾，雖然只是一個名字。安潯想，陷入熱戀的人何止是他。

鄭希瑞付清了尾款，留下寄送地址，拍賣行的人承諾很快會將畫送過去。竇苗把電話留給鄭希瑞，心裡雖然心花怒放，但表面上還是要維持專業人士的形象：「鄭小姐，如果有需要可以直接打電話給我。」

鄭希瑞應著，說：「我想把安潯現有的畫都買下。」

竇苗感嘆道：「您對沈司南先生真好。」

鄭希瑞笑笑：「我想把一切他喜歡的都給他。」

幾人邊說邊一起走到沈洲飯店大廳。

竇苗準備先行離去：「安潯，妳先和鄭小姐聊，我去開車。」

安潯卻說：「我先不走。」

「為何？等人？」

安潯抿唇點頭。

竇苗看她這表情就知道不對，眼睛轉啊轉，腦子裡想她大概和易白和好了，接著就可以補辦訂婚宴，最好直接辦婚禮，屆時媒體肯定大幅報導，這樣安潯的名氣又能提升，畫作的價值更是水漲船高。

安潯沒理她，側身和鄭希瑞道別。

鄭希瑞說自己也在等人。竇苗立刻戳了戳安潯，湊過去小聲說：「她等的人不會是沈司南吧？」

話剛說完，不遠處電梯裡就下來三四個人，為首的是個中等身材的中年人，鄭希瑞走過去挽住他的手臂：「爸爸談完啦？」

那人是鄭希瑞的父親。

他發現只有鄭希瑞一個人，立刻拉下了臉：「沈司南呢？又沒來陪妳？」

「他忙嘛。」兩人說著便向外走去，飯店的經理和服務生也跟著送到門口。

「她爸？那威什麼的董事長？我還以為她在等沈司南呢。」竇苗努力想著之前拍賣行工作人員說的那個公司名字。

「威馬控股，鄭世強。」安潯站在玻璃門後，邊說邊看了看手機，司羽還沒有打電話來。

竇苗「哦」了一聲，問道：「妳怎麼知道？」

「他去過我家，請我爸去他旗下的公司工作，不過我爸拒絕了。」安潯說得雲淡風輕，竇苗卻不由得對他們全家生出一股崇拜之情。

飯店經理將鄭家父女送到門外，剛轉頭要回來，就看到一輛黑色車子停在飯店門口。那經理對身旁的服務生說道：「沈總來了，站直點。」

沈總說的應該是沈司南，安潯聽向陽父親這樣稱呼過他，不過安潯也聽過別人這樣稱呼沈司羽。

剛走到門口的鄭希瑞見到車子，立刻幾步跑下樓梯，聲音滿是雀躍：「司南。」

司南？

安潯看過去，卻被人擋住視線，看不到沈司南。她猶豫著要不要出去打個招呼，畢竟互相通了這麼久的郵件也算認識，但一想到兩人半生不熟，便又收回了推門的手。

「妳怎麼在這裡？」聲音低沉。

「我來參加拍賣會。下午我打電話邀請你的時候，郭祕書說你在開會，我就傳了訊息給你。」鄭希瑞站在最後幾階樓梯上，聲音有點委屈，「還以為你是來接我的呢。」

鄭世強走過去，拍了拍女兒的肩膀，對樓梯下方的沈司南說：「正好我要找你談案子。你父親在家嗎？我們去你家談怎麼樣？」

「鄭伯父，我們可以約別的時間。」又低又沉的聲音，安潯聽不太清楚。

「有事？」鄭世強點著頭，「如果你是要陪我女兒，我可以放你走。」

「我有別的事。」

「推了，我打電話給你父親。」鄭世強說著拿出手機。

安潯不再感興趣，準備打電話給司羽，一旁的竇苗突然拉住她的手臂說：「欸，妳看這沈司南，像不像前兩天網路上爆紅的那個帥哥？」

前兩天網路上爆紅的那個帥哥？不就是沈司羽嗎？安潯覺得兩人像也正常，畢竟是兄弟，向陽他爸也說過，沈司羽和沈司南有點像。安潯抬起頭，透過玻璃門看過去，見那些人已經陸續上了車，一直被別人擋住的沈司南終於露出面目。

應該是拒絕不了鄭世強，他繞回駕駛座那側，一手煩躁地鬆了鬆領帶，一手開車門，似乎還往這邊看了一眼，然後才坐進車子裡。

竇苗還在發花痴，說他鬆領帶這個小動作迷死人，安潯卻愣在那裡半晌沒動。直到那車子走遠，安潯才慢慢轉頭問賓苗：「那是沈司南？」

賓苗覺得她的反應很奇怪，用力點著頭：「對呀，妳看傻了？沒聽到鄭家父女這麼叫他嗎？」

安潯皺了眉頭：「那明明是沈司羽。」

剛從外面進來的飯店經理聽到安潯的話，輕笑一聲：「這位小姐認錯人也無可厚非，畢竟我們沈總和小沈先生是雙胞胎，他們長得太像了，我們見過那麼多次都很難分清楚。」

安潯詫異地看向經理，自己從來沒聽司羽說過他和司南是雙胞胎。

飯店經理見安潯認識小沈先生，多問了兩句，安潯只說是朋友。經理以為是泛泛之交也懶得應酬，剛想離開就聽她問道：「沈司羽現在在哪裡？」

「在日本，小沈先生還在上學。」經理說。

「他不是已經回來了？」

「回來了？不可能，昨天還聽董事們說董事會要請小沈先生參加，但沈總說他學業太忙沒空回國。」

經理離開了，安潯只覺得腦袋裡亂七八糟。她下意識地低頭看向手機，沒有電話，沒有訊息。

「所以救人的是沈司羽？這個是沈司南？一個就帥得我不要不要了，兩個一模一樣的可是會死人的，也不知道沈司羽便宜了哪個女人。」賨苗還在一旁嘟嘟囔囔，安潯卻仍皺著眉頭不說話，不知道在想什麼。

「妳說那個認識沈司南的人，不會就是沈司羽吧？」賨苗想到她剛才打聽沈司羽，便往她身邊湊近了些，「他們兩個真的這麼像？」

安潯臉色少有的凝重，半晌才說道：「賨苗，剛剛那個人，就是沈司羽。」

「蛤？這麼肯定？」賨苗見安潯十分篤定，立刻開始腦補一齣豪門大戲。

安潯拿著手機，猶豫著要不要撥通電話，眉頭緊皺：「可是萬一真是司羽怎麼辦？」

賨苗一頭霧水，不知道她到底在說什麼，隨口應著：「是就是囉。」

安潯似乎很快就做出決定，隨手將手機扔進包包裡，率先走出飯店：「賨苗，送我回家。」

「不是等人嗎？」賨苗趕緊跟著出去。

從飯店回城郊沈家大宅的路上，駕駛座的男人一遍一遍按著撥號鍵，可不管他打幾次，始終都是無人接聽。

「司南，我爸爸雖然有點強勢，但他這麼做只是想讓你多陪陪我。」鄭希瑞坐在副駕駛座，有點不安。回答她的是駕駛座那人繼續撥號的聲音和無人接聽的提示音。

「你約了人嗎？」鄭希瑞忍不住問。

「過了這個紅綠燈妳就下車。」駕駛座的人說了自她上車以來的第一句話。

鄭希瑞愣了愣，半天才回過神：「司南，我爸爸還在後面的車上，你這樣把我趕下車是逼他解除婚約嗎？」

「可以。」淡淡的兩個字，將副駕駛座的人傷得體無完膚。

過了紅綠燈，他慢慢降低車速。鄭希瑞見他似乎真要讓自己下車，慌忙在車子停下前拿出手機撥了一通電話：「爸爸，我和司南要出去，你們的事情改天再談吧。」

鄭世強當然是滿口答應。

鄭希瑞掛了電話，彷彿剛才的不愉快全都沒發生過，笑著對一旁的人說：「司南，你去哪裡？我陪你去。」

駕駛座的人沒說話，只是踩下油門，從前面的路繞了回去。飯店經理聽說沈總又回來了，連忙去大廳迎接。

去而復返的沈總見到經理，直捷了當地問：「今天參加拍賣會的人都走了嗎？」

「走了，沈總，他們早走了。」

聽經理這麼說，他不再停留，轉身就走，兩步後又突然站定，回身問道：「今天有等司羽的人嗎？」

經理先是一愣，隨即反應過來：「您說找小沈先生的人？這倒是沒有，不過有個女孩錯把您認成小沈先生了，就在您接走鄭小姐的時候。」

然後，飯店經理第一次見到他們沈總的臉色變了又變，下一秒便轉身離去，像是有什麼十萬火急的事。

鄭希瑞還坐在副駕駛座，他像是沒看到她一樣，上車便發動車子，油門一踩到底。鄭希瑞一路上一句話都沒說，安靜到不行，似乎並不在乎他把她帶到哪裡。

大約二十多分鐘的路程，和沈家大宅完全相反的方向。最後，他將車子停在一個社區門口。幾棟精緻的中式樓房，一棟樓只有兩三戶，這裡住的多是一些退休的政府官員或國家幹部。

鄭希瑞看著他一遍又一遍撥打著那個就是不接電話的號碼，電話不接，簡訊、視訊也不接，但他還是極有耐心，沒有任何焦躁憤怒。

後來他撥了郭祕書的電話，言簡意賅：「查安非的電話。」

郭祕書似乎還詢問了什麼，但他只俐落地說：「快點。」

郭祕書效率一向很高，很快就傳過來一個號碼。這次倒是打通了，是個男人接的。

「安非，你姐呢？」

『欸？姐夫？』他倒是一下就聽出來了，『在家……在不在呢？』

「要她接電話。」

『不——在家呀。』安非拖著長音說。

「你要她出來，我在社區門口，」他頓了頓，又加了句，「不出來我就上去敲門。」

過了三、四秒，安非那邊才說話：『我姐說你上來吧，讓我爸媽見見你這個劈腿的負心漢。』

劈腿的負心漢？畫家都是這麼有想像力的嗎？

司羽慢悠悠地一字一句說：「好，我馬上上去。告訴她，我會當著你爸媽的面吻她。」

『我的媽呀，這麼勁爆？那你快上……』安非剛說了一半就沒聲音了，只聽電話中傳來『嗚嗚』兩聲。

『你不許上來！』安潯接過電話，說完，不情願地道，『我下去。』

他收起手機，轉頭看鄭希瑞，發現她低著頭一動也不動。終於沒什麼耐心了，他說：「下車。」

「司南……」鄭希瑞抬頭，眼眶通紅，緊盯著他，「你這次消失這麼久是因為有了別的情人嗎？我們在一起這麼久，你說不要我就不要我了嗎？」

沈司羽準備拉開車門的手頓了一下，很快低聲說了句「對不起」，然後開門下車，伸手攔了一輛路邊的計程車，回身打開鄭希瑞那側的車門，依舊還是那句話：「下車。」

再怎麼說她也是從小嬌生慣養的大家閨秀，都如此低聲下氣了，對方還是不為所動，她沒辦法再待下去。她下了車，看都沒看他一眼，抬腳上了一旁的計程車：「我等你解釋。」

「解除婚約，找個喜歡妳的人。」關門前他對她這樣說。

安潯拖拖拉拉了大半天才下來，頭髮俐落地綰著，穿著絨毛靴，雙手插在身上那件藍色羽絨衣的口袋裡，彆彆扭扭地走到社區鐵門前，也不開門出來，一副有話快說的模樣。

司羽看著她，沒說話。

安潯先沉不住氣，隔著鐵欄杆問他：「幹什麼？」

司羽伸手解開西裝釦子，似乎很討厭領帶的束縛，扯下領帶：「妳準備就這樣和我說話？」

安潯依舊冷冷淡淡的：「嗯。」

司羽笑，看了一旁值班室的保全一眼，對安潯說：「妳這樣讓我覺得自己好像在探監。」

保全「噗哧」笑了出來，安潯轉頭瞪他，保全又把笑聲憋了回去。她看向司羽：「探監時間到了，你可以走了。」

司羽不動，只是聲音溫和又帶著一絲誘哄地問：「沒有話要問我嗎？」

「我不想和你說話，」安潯低著頭踢了踢地上的石頭，「我要想想。」

太多疑問，沈司南和沈司羽，雙胞胎？可是現在的沈司南卻是沈司羽，沈司南去哪裡了？沈司羽什麼時候開始變成沈司南的？還是一直都是？買畫的是誰？和她通郵件的又是誰？最重要的是，訂婚的那個是誰？

司羽了然：「又要我給妳時間？」

安潯點頭。

「多久？」

「兩、三天吧。」她得想想怎麼問他，再想想每一種可能的處理辦法。

司羽抬手看了看手錶：「十分鐘，現在開始。」

「你這是哄人的態度嗎？」安潯不爽了，自己在生氣呢，他就不能溫柔一點。

司羽微頓，放下手臂，瞥了一直默默偷聽的保全一眼，轉身走到車輛進出的柵欄那頭，手撐著水泥護欄就那樣跳進社區裡。安潯嚇了一跳，連保全都一時反應不過來，這是明目張膽在他面前硬闖？

司羽三、兩步走到安潯身前，見安潯還愣著，就將她摟進懷裡，低聲說：「沒有劈腿，沒有背叛，停止妳腦中所有的胡思亂想。」

他剛才看到安潯皺了眉頭，忍不住提高了音調。他是有點慌了，所以才這麼急切。

安潯被他抱著，手卻一直插在口袋裡，沒有不讓他抱，也沒打算回應，但聞著熟悉的味道，聽著他的聲音，她還是有點心軟的，心裡思忖著要不要先聽他解釋一下。司羽扯出她放在口袋裡的手握住，剛要說什麼，突然外面傳來一陣刺耳的汽車喇叭聲。

兩人轉頭看去，只見那輛本該走遠的計程車停在社區門口，鄭希瑞坐在車子後座，透過降下的車窗看著他們。她眼眶還是紅的，但依舊努力笑了一下，聲音沙啞地說：「安小姐，又見面了。」

安潯看著她，什麼話也沒說，有點搞不清楚自己和鄭希瑞的關係。算情敵嗎？鄭希瑞似乎並不期待安潯有什麼反應，微笑著對安潯身旁的男人說：「司南，爸爸還在等我們吃飯。」

鄭希瑞剛說完，安潯便要抽回自己的手。司羽反應更快，一把握緊：「不許走。」

安潯哪裡管他，抬起手想也不想便咬了他的手背一口。司羽吃痛，下意識地鬆了手。安潯將手插回口袋裡轉身就走，走了兩步回頭看向保全：「你怎麼隨便放人進來，當著你的面這麼跳進來都不管嗎？」

保全一臉無辜，你們小情侶吵架幹什麼找保全出氣？

「安潯。」司羽沉聲叫她。

「沈總，您慢走。」安潯頭也不回。

司羽眸光一閃，沉聲道：「妳叫我什麼？」

這時他的手機響了起來，音樂聲在夜晚安靜的社區裡格外清晰。

走遠的人停下腳步，回頭看他，非常認真的樣子：「沈總啊，別人不都這樣叫您嗎？沈司南先生。」

按掉的手機鈴聲再次鍥而不捨地響起，惱人的鈴聲！

司羽再次按掉，對遠去的安潯說：「安潯，我明天來找妳。」

安潯沒理他，開門進入樓梯間。

司羽接了電話，是他父親，他要司羽帶鄭希瑞回家吃飯。

司羽掛了電話走出社區，計程車已經離開了，而鄭希瑞，就站在他的車邊等他。他開門上車，她便跟著上去。

鄭希瑞剛坐定，就聽駕駛座上的人說：「以後我和妳沒任何關係，妳去跟別人談戀愛、訂婚、結婚，幹什麼都行。」

「司南，別鬧了好不好？」鄭希瑞放軟了語調，看起來可憐兮兮的，「我當沒看到，我什麼都不知道，我們和以前一樣。」

「我不屬於妳，妳知道的。」司羽不為所動。

鄭希瑞笑：「你一直屬於我呀。」

司羽看她，想看她到底真不懂還是假不懂。鄭希瑞本想再說些什麼，但是在他這種眼神下，她什麼都說不出來，只能怔怔地看著他握著方向盤的手，那冒著血絲的牙印，很刺眼。

「怎麼嘴沒腫？」安潯剛進屋就被安非攔住看了半天，發現她和走的時候一樣便有點失望。

「讓開。」安潯現在不想理人。

「沒哄好啊？」安非嘟囔著，「一定是沒親的緣故，女人壁咚一下，低頭猛親一頓，保證乖得像小貓。」

安潯喊安教授：「爸，您過來聽聽安非說什麼大話呢。」

「妳只會這招。」安非個子高，居高臨下地伸手拉著安潯綰成一團的丸子頭，晃了晃，「安潯，妳改名叫老巫婆算了。」

安潯抬腳踢他，他跳起來趕緊逃跑。她不再理他，只揚聲說：「爸媽，我明天回義大利。」

鄭家父女在沈家大宅吃過飯後，沒有立刻離開，他們和司羽父母坐在客廳裡熱絡地聊著天。司羽不參與這種場合，實際上，晚飯他都沒吃，回來後就一直坐在花園的椅子上。

有傭人問郭祕書羽少爺是在幹什麼，郭祕書說，可能在看星星，也可能在看花，不過應該是在想人。傭人聽不懂，轉身走了。

郭祕書走過去想和司羽說話，走近了才發現他搭在腿上的手背有兩排清晰的牙印，紅紅的，看起來咬得很深：「羽少爺，這……您的手……」郭祕書想不到誰會這麼大膽，把司羽咬成這樣！

「沒事。」司羽低頭看了眼，竟然笑了一下。他覺得自己可能著魔了，看到這排牙印想到的竟然不是當時尖銳的疼痛，而是疼痛之前她柔軟的舌尖掃過手背的酥麻。

郭祕書見他如此神色，立刻猜到怎麼回事。把司羽咬成這樣還能讓他笑著說沒事的人，除了安小姐還能有誰。

「羽少爺，您……做了什麼？」郭祕書問完有點臉紅。

「她看到我和鄭家父女在一起。」司羽說。

郭祕書懂了，不以為意地說：「您就說您是南少爺啊，反正現在所有人都認為您是南少爺。」

司羽搖頭：「騙不了她，她好像一眼就認出我了。」

郭祕書對哄女孩子沒什麼經驗，索性不再出主意，想起自己來的目的：「明天的董事會，您有把握嗎？」

「差不多了，只要鄭世強站在父親這邊，別的董事就知道怎麼做了。二伯那裡我們會放些權力穩住他們，父親當上總裁後，有的是機會慢慢拿回來。」

郭祕書放心了。他早就知道，沈司羽的能力從不在沈司南之下。

庭院安靜，夜色正濃，司羽拿出電話想打給安潯，猶豫一下又作罷。不遠處父母正要送鄭家父女離開，客套寒暄，他起身從另一邊繞回房間。

第二天早上，司羽終於還是忍不住，在去公司的路上打了個電話給安潯。關機。他無奈，卻還是有點擔心，便又打了安非的電話。

安非很快接聽，說到：『姐夫，我姐今天早上九點飛義大利。』連寒暄都省了，直接切入主題，智商第一次上線。

司羽本來已經一腳邁出車子，聽到安非的話，又收了回來。

「怎麼了？」郭祕書覺得奇怪，司羽應該不是會怯場的人。

「去機場。」他言簡意賅。

外面站了一排等沈總下車的人，他們一個個瞪大了眼睛，沒聽錯吧？這麼關鍵的董事會，沈總要去機場？郭祕書眼珠一轉，立刻猜到癥結所在：「安小姐要走？沈總，您要以大局為重。」

司羽沒說話，卻也沒下車。

郭祕書心中嘆了口氣，繼續勸道：「安小姐要去哪裡？我幫您訂今天下午的機票。」

司羽不說話，修長的手指輕敲著車門把手，一下一下，似乎在權衡利弊。外面的人和車裡的人都寂靜無聲地等待著，直到他再次抬腳下車，眾人才鬆了口氣。他邊扣著西裝釦子邊走上樓梯：「郭祕書，她要去佛羅倫斯，你幫我訂中午十二點半的班機。」

「十二點半？時間會不會太趕了點？」郭祕書說完，發現司羽沒給任何回應，嘆口氣，羽少爺任性起來也是不顧一切的。

安潯沒想到會在機場碰到郭祕書，顯然他是匆匆忙忙趕來的，平時總是梳得一絲不苟的頭髮有一絲絲凌亂。

「趕上了，還好還好。」郭祕書先鞠躬，「您好，安小姐，我們可以找個地方談談嗎？」

安潯有點心疼這位大哥，總是在替司羽奔波。她看了一眼時間，點頭道：「可以，不過只有二十分鐘。」

郭祕書低頭看了看手錶，道：「我不會耽誤您太久。」

「沒關係，不耽誤登機就行。」

郭祕書尷尬地輕咳，好半晌才猶豫道：「說實話，我就是來阻止您登機的。」

安潯：「……」

兩人在機場找了一間生意看起來沒那麼好的咖啡廳。

「可能我需要從頭說起，別嫌我囉唆。」郭祕書覺得應該先打個預防針。

「不會，您請說。」安潯攪動著那杯不太好喝的咖啡，覺得有點像即溶的。

郭祕書條理清晰，聲音溫和，是個很好的敘述者。

「大家族的事通常都有點複雜。司羽的大伯去世得早，二伯想要當家，司羽的父親是沈老先生最小的兒子，也最得寵。兩個人明爭暗鬥許多年。後來沈老先生過世，老夫人卻直接跳過他們，讓司南掌權。」

安潯安靜地聽著。

「司南和司羽是雙胞胎，是那種長得特別像的雙胞胎。」

安潯突然走神，想起向陽父親竟然說沈司羽和沈司南有點像，所以那時候司羽才那麼笑，她也忍不住笑了一下。

郭祕書詢問似的看著安潯。

安潯忙說：「抱歉，您繼續。」

「我接下來說的這件事很重要，請您務必保密，我相信安小姐的為人。」見郭祕書如此鄭重，安潯也鄭重地點頭。

郭祕書說：「但是，司羽很健康，而司南卻患有法洛氏四合症，也就是先天性心臟病。」

安潯訝異，隨後又有點難過。那位被她視為半生不熟的朋友，司羽的親哥哥，竟患有這麼痛苦的疾病。

「家裡的人都寵著司南，對他的關愛也就比對司羽的多了些，所以哥哥被慣得驕縱任性。」郭祕書嘆了口氣，「其實剛開始要和鄭小姐訂婚的是司羽，司南一直喜歡鄭小姐，即使司羽拒絕訂婚，司南還是說了些傷人的話。於是，司南喜歡什麼司羽便報復似的和他搶什麼，絲毫不相讓，兩人就這樣打打鬧鬧了許多年。」

聽到司南喜歡什麼司羽便搶什麼的時候，安潯眸光閃了閃，深深地看了郭祕書一眼。郭祕書說到傷感之處，沒注意到安潯的神情，繼續回憶道：「表面上看起來他們並不親，其實兩個孩子很在乎對方。」

「相愛相殺嗎？」安潯問。

郭祕書笑了笑：「有點那個意思。其實沈家主要培養的是司羽，畢竟司南因為身體的緣故，並不適合繼承沈家家業。但司羽一心學醫，司南又展現出商業方面的天賦，先生便任由兩個孩子去做了。」

「司羽學醫……是因為司南？」安潯想起司羽說過自己學醫的理由，是為了替人治病。

「他沒說過，但我猜多多少少。其實擁有最好的醫療團隊和設施的聖諾頓醫院，就是先生為了司南建立的。」郭祕書說到這裡，突然嘆了口氣，「司南之前做過兩次手術，都很成功，直到半年前那次……」

安潯屏住呼吸：「很嚴重嗎？現在怎麼樣了？」

郭祕書靜靜地看著安潯，眼中浮現無法言說的悲傷。他動了動嘴脣，良久才發出聲音：「引起肝臟等器官的併發症，去世了。」

安潯倒抽了一口氣，伸手摀住嘴，瞬間襲來的窒息感讓她說不出話，無法置信地看著郭祕書。

她以為最壞的結果頂多是病況沒有改善，根本不敢想、也無法想像竟然會是這樣。司羽該有多傷心！

郭祕書見安潯眼眶泛紅、強忍淚意，遞給她一條手帕，嘆氣道：「安小姐，謝謝您。」謝她什麼，不用言表。

他喝了幾口咖啡，似乎心情平復不少，便繼續說：「因為涉及沈洲亞太區的管理權，司南的事被先生隱瞞了下來，對外聲稱在國外養病。對此司羽很生氣，和先生大吵了一架。他們已經很久沒說話了，這次是因為二伯那邊有所察覺，先生才要司羽回來頂替一下。」

安潯低頭攪動著那杯早已涼掉的咖啡：「所以司羽成了司南，成為沈洲的總裁、鄭希瑞的未婚夫。」

郭祕書搖了搖頭：「本來司羽拒絕了。」

安潯很意外，抬頭看他。郭祕書見她如此反應，才知道她並不知情：「後來，安小姐在日本被安藤家請去，司羽找不到妳。」

安潯更加意外，竟然還牽扯到那件事，問：「後來呢？」

她緊張得喉嚨緊縮，她以為自己瞞得很好，怕安藤報復，第二天就把司羽一起帶回了國。

「司羽答應先生回來幫他，條件是先生找人去救安小姐。」

咖啡廳進進出出的人漸漸多了起來，安潯坐在靠近走道的位置，服務生不小心碰到她跟她說抱歉，她沒有回應。她覺得自己挺可笑的，還天真地認為是自己擺平了那件事。

「安小姐，其實這些本不該我來說，但是司羽他……」

良久，安潯才慢慢說道：「他要司羽怎麼幫他，永遠成為司南嗎？」

郭祕書笑著搖頭：「那樣對司羽不公平，先生和夫人也不會這樣要求他，畢竟是他們疼愛的小兒子。」

安潯的神情緩和了些。

郭祕書看了看手錶：「距離董事會結束還有一個小時，先生會成為沈洲亞太區新任總裁，然後公布司南的死訊，司羽則會去聖諾頓當醫生。」

最好的結果，可是……

「鄭希瑞呢？」安潯忍不住問道。

「鄭小姐？司南已經不在了。」郭祕書不覺得她是個問題，但也確實是個可憐人，嘆了口氣，「鄭小姐用情很深。」

春江飛佛羅倫斯的登機廣播再一次響起，安潯起身：「對不起，郭祕書，我要走了。」

郭祕書挑眉，竟然還是要走？

「我明天必須要去學校報到，教授已經和別人簽了邀請展，不能缺席。」

「其實，司羽是要我買中午飛義大利的機票的，是我自作主張跑來找您。」郭祕書嘆口氣，「本以為能省些錢，現在看來還是要買票。」

安潯笑：「讓您破費了。」

董事會如預期的一樣，絲毫沒有偏差。

司羽離開公司後，回家換了衣服，收拾了行李，隨即直奔機場。郭祕書覺得自己一天跑兩趟機場真是吃飽了撐著，但是他不敢抱怨，私下去找安小姐的事還是隱瞞不報比較好。換了登機證，送司羽進入安檢，郭祕書才放心地離開，心下不由得感嘆時光飛逝，一眨眼，司羽都到了追女孩的年紀。

網路影片的熱度還沒退燒，司羽被人詢問了兩次之後終於不耐煩，拿出墨鏡和口罩戴上。這下倒是沒人來詢問了，不過周圍的人卻不停地看向他，猜他是不是哪個私服出遊的明星。直到他坐到位子上，才總算擺脫他人的視線。

「請問……」

「不是。」

司羽翻著雜誌，一聽到有人出聲詢問，便頭也不抬地打斷。因為是頭等艙，人少又安靜，他如此態度，讓其他乘客都忍不住轉頭看他。空服員也立刻走來，笑容滿面地問：「怎麼了，小姐，有什麼需要幫助嗎？」

「沒關係，我的男朋友在鬧彆扭。」女孩說著坐到司羽旁邊。

司羽訝異地抬頭，見到身旁的人愣了半天，然後笑起來，說：「我喜歡這個驚喜。」

安潯看著他，一時沒有說話，雖然她很想讓兩人之間的氣氛輕鬆一點，但實在覺得很心疼。司羽闔上雜誌放到一邊，問她：「鬧彆扭？」

安潯沒說話，突然無預警地抬起頭，隔著他黑色的口罩，吻上他。司羽很意外，剛要伸手摟住她，她便退了回去，在自己位子上坐直。他將口罩摘下來，看著她的眼裡盛滿了光亮，閃爍著：「可以再來一次嗎？」

安潯看了機艙裡的人一眼，輕輕掐他的手臂。

「告訴我，發生了什麼事？我以為自己要花些工夫。」司羽抓過她的手，一下一下捏著。

「登機前見了郭祕書，我就改了班機。」安潯說著，突然低下頭，忍住那莫名的難過，「很抱歉，司羽，我什麼都不知道。」

他挑眉，沒想到她竟會有如此多愁善感的一面，低頭親吻她的手，說：「安潯，妳什麼都不知道，不需要抱歉。」

不需要言語，她的眼睛已經說明了一切——她為司南難過，為司羽心疼。

十個小時的航程，司羽要安潯睡一下，安潯卻不願意，她想和他聊聊天，聊聊日本的事，或者聊聊司南也行，如果他願意。

「家裡所有人都讓著他，只有我，喜歡和他唱反調，他總是被我氣得暴跳如雷。」司羽主動說起司南的事，不再僅僅提一個名字。

暴跳如雷的司南，很難想像。安潯想起郭祕書的話，問：「聽說他喜歡什麼，你都要跟他搶？」

司羽不知道想到什麼，輕輕笑著：「呵，無聊逗他罷了，沒想到卻讓人意外竄紅。」

「嗯？」

「〈犀鳥〉。」司羽提醒。

安潯頓了良久，突然瞪大眼睛：「天啊！你們真無聊。」

當初〈犀鳥〉能拍到那個價格，不只安潯，拍賣行和網站都很意外。兩個人同時看上一幅畫，還搶得不可開交，不僅價格打破網站新人畫作的紀錄，甚至直到現在都還未被超越。

誰會想到這兩人其實是兄弟，只因為弟弟的惡趣味，哥哥便多花了二十多萬歐元。

因為時差的緣故，他們即使坐了十個小時的飛機，到義大利也才下午五點，天還亮著。

安潯的室友在機場等安潯，見到司羽時，眼睛都變成了心形，悄聲對她說：「告訴我，他不是妳的男朋友。」女孩是東南亞人，美術學院雕塑系的學生。

「讓妳失望了，他是。」安潯說。

室友說的是義大利語，問安潯司羽是否聽得懂，見安潯搖頭，立刻放下矜持大聲問：「他介意多一個女友嗎？」

「我介意。」安潯說著，和司羽一起坐進車子後座。

室友失望地搖頭，想要和司羽說話卻又無法溝通，不太情願地問安潯：「他是你們那裡的明星嗎？」

安潯轉頭看他，心想他不當明星確實有點可惜了。

室友的車子很小，司羽腿長，坐進去有些擁擠，很不舒服。他調整了坐姿後發現安潯看著他，便問道：「我們去哪裡？」

「去我的公寓。」安潯看他的樣子有點滑稽，「要不然你去坐副駕駛座？」

他搖頭：「我想和妳貼在一起。」

安潯靠到他肩膀上：「司羽，你這麼會說好聽話，是在哪個女人身上練就的？」

「存了二十幾年，都說給妳聽了。」他一本正經地說。

她笑著抬頭看他：「你絕對有像是《情話大全》那種書。」

他沒回答，趁她仰起臉低頭吻她。她忙推開他，偷偷瞥了前座的室友一眼。

室友從後照鏡朝安潯笑，挺意外平時冷冷淡淡的人竟變得這麼小女人，又看了看另一側的司羽，感嘆這男人太迷人，也不知道安潯從哪裡弄來這麼個極品。

「安潯，想借一下妳的男朋友行不行？」

安潯拿出手機，準備打電話回家報個平安，聽到室友的問話，想也不想就回答：「不行。」

「我可以付酬勞。」室友急道。

「妳找他肯定沒好事。」想著父母應該睡了，便只傳了個訊息給安非。

「要是他當我的模特兒，說不定能讓我一炮而紅，從此放在學校的大衛像旁邊展出。」

安潯沒想到她會這樣說，笑著瞥了司羽一眼，昂著頭道：「當然不行，他是我的專屬模特兒。」

室友再次失望：「小氣。」

安潯見司羽一直看著自己不說話，意識到他安靜了很久：「在想什麼？」

「在考慮學義大利語，」他說，「總覺得妳們是在說我。」

安潯指了下室友，說道：「她想要你當她的模特兒。」

他聳了聳肩，興趣缺缺：「我對別人沒什麼耐心，也不想在她面前脫光衣服。」

安潯見室友一直偷瞄他們，便學司羽的樣子朝她聳聳肩：「他說沒興趣。」

安潯的公寓靠近市中心，兩室兩廳，比司羽在日本的公寓大了許多，但讓司羽不滿的是，她和別人合租。他看著那位拿鑰匙開門進去的室友，問安潯：「為什麼妳不是自己住？」明明剛才在機場介紹時說是同學，原來是同學兼室友嗎？

「因為我害怕。」在汀南時她也這樣說過，她從不避諱自己膽小。

司羽輕笑，覺得她有時候像個十幾歲的小女孩，非常可愛。可一進公寓看到那位坐在長沙發上的半裸男人，司羽便笑不出來了。對方是個義大利人，渾身上下只穿了件內褲。他見幾人進來，非常熱情地站起來打招呼，沒有一絲尷尬。沙發前的茶几被推到了遠遠的一側，正中間擺了個雕到一半的泥塑，看樣子模特兒正是這個義大利人，而且雕刻作業正好進行到——胯部！

安潯看到忍不住笑起來，對室友說：「很抱歉讓妳在這裡暫停。」

室友擺擺手：「沒關係，那時候他正好起了反應，我也沒辦法雕了，索性就先去機場接妳。」

義大利人聽她如此描述哈哈大笑起來：「親愛的，妳直白得讓我心動。」

安潯早就習慣室友異於常人的表達方式，只是瞪了她一眼，轉身拿了行李，推著司羽進入自己的臥室。一離開兩人的視線，司羽便將她扯進懷裡，用腳勾上臥室的門，問：「她說了什麼妳突然臉紅？」

安潯眼珠轉了轉，搖頭說：「沒什麼。」她可不想對他複述一次，同時也因為他聽不懂而有些小得意，想著他終於體會到自己在日本的無奈了。

司羽覺得學義大利語這件事必須盡快排到行事曆上。

「她經常帶男人回來？就那樣全裸著在客廳？」雖說司羽理解她們是為了藝術，但親眼見到還是有些不是滋味。

安潯點頭，抬眼看了下他的臉色：「我不會亂看的。」

「妳有沒有帶回來過？」他又問。

安潯搖頭：「以前都是和同學一起畫，第一次單獨畫就是在汀南那晚。」

還喝酒壯膽。

這話取悅了司羽。他鬆開被他禁錮在懷裡的安潯，捏了捏她的臉頰：「真想替妳換個室友。」

通常這個時間他們早就該睡了，再加上坐了十個小時的飛機，所以兩人都很疲累。安潯讓司羽先去洗澡，自己把房間收拾了一下，又換了新的床單。他洗完澡她也正好忙完，一身是汗地進去浴室。

司羽正在浴室吹頭髮，見她進來也沒有出去的意思。安溽在他旁邊等，有點著急：「你頭髮這麼短，一下子就乾啦，快出去，我累死了。」

司羽關掉吹風機，說：「妳洗妳的，我吹我的。」

她生氣地推他到門口：「信你才怪。」

正要關門的時候，安溽發現浴巾還圍在他腰間，她只有這一條浴巾，於是伸手：「浴巾還我。」

他低頭看了眼，突然勾起嘴角，手摸到腰間，轉眼就將浴巾扯下來。安溽沒有防備，等發覺他的意圖已經來不及躲了。他將浴巾遞到她手裡，還沒說話，安溽「砰」一聲就把浴室門關上了。

好半晌，門外還隱隱約約傳來他低低的笑聲。

確實是累了，再加上時差，天還沒全黑兩人就相擁睡去，結果凌晨兩點多司羽就醒來，再也睡不著。他看了看手錶，距離天亮還有一段時間，感覺到身旁的人呼吸平穩，他小心翼翼地起身，把窗簾拉開，讓月光照進來，再轉過身時，安溽也睜開了眼睛。

「看來我們的生理時鐘暫時是調不過來了。」司羽站在床邊，居高臨下地看著她。

安溽其實醒來一陣子了，怕吵醒他便一直沒動。她揉了揉眼睛，問他：「睡得怎麼樣？」

「很久沒睡這麼好了。」他俯身吻她。

外面客廳靜悄悄的，室友應該睡了。安潯打開吊燈，那雙因為打呵欠而氤氳朦朧的眼睛水潤潤的。她輕聲問他：「畫畫怎麼樣？」

司羽雙手環胸，站在窗邊：「好。這次要我脫光嗎？」

她原本還在考慮，但是一抬頭看他，靈感瞬間迸發，說：「就這樣，我喜歡你隨意的樣子。」他自然流露的姿態非常有魅力。

「不過需要把上衣脫了。」她說。

他非常配合地脫下上衣，全身只餘一件淺灰色的家居褲。安潯看了看，說：「把褲子向下拉一點，不用太多，不要露內褲。」

他「嗯」了一聲，但是沒動，似笑非笑地看著她：「妳來幫我。」

安潯知道他是故意的，也不生氣，瞥了他一眼：「這樣也行。」

雖然佛羅倫斯的凌晨沒有像汀南那樣靜謐得好似全世界只剩他們兩人，但在這種滿是異國風情的夜裡，也足以讓他心猿意馬，想入非非。她認真安靜的樣子，十分迷人。她時不時抬頭與他對視，攪亂一池春水後便又若無其事地低頭畫畫，留下他心癢難耐。

不僅如此，房子的隔音不太好，此時此刻，隔壁房間傳來的聲響絕對是火上加油。那個義大利人貌似沒走，因為司羽清楚聽到了隔壁的動靜，顯然安潯也聽到了。她的畫筆頓在畫紙上，久久沒有動作。隔壁還在繼續，而且動靜越來越大，安潯終於坐不下去了，臉紅紅地起身敲了敲牆。

「對不起，親愛的，很快結束。」室友竟然只是道歉，完全沒有收斂的意思。

安潯尷尬地看向司羽。司羽依舊是那個姿勢，只是看著安潯的眼睛幽幽泛著光亮。

「她……平時不會這樣。」她坐回畫板前，輕聲對司羽解釋。沒想到她剛說完，隔壁又傳來一些更讓人尷尬的聲音，兩人頓時都沉默了。隨即，司羽沉沉笑了幾聲。安潯一臉無辜地看著他，想要說些什麼緩和一下氣氛，結果還沒想好，他便抬腳走了過來。

「我還沒畫完。」她咳了一下，盡量讓自己顯得自然一點。

司羽不理她，彎腰熟練地抱起她，幾步走到床邊，輕輕把她放到床上，不待她起身便俯身壓到她身上。他親吻她的耳側，聲音沙啞地說：「寶寶，沒辦法忍耐了。」

「那怎麼辦？」安潯愣愣地問。

司羽一下一下吻著她：「妳說呢？」

安潯將手抵在他胸前，非常非常小聲地說：「我生理期還沒結束。」

親吻她的人頓了頓，洩氣地趴到她身上，喘著粗氣，半晌才無奈地道：「妳這個……妖精！」

安潯拍了拍他的後背以示安撫，隨即又調皮地咯咯笑起來。她很少這麼開懷。司羽繼續親她，額頭、臉頰、嘴唇。安潯躲，他追，鬧了好一陣子，不知何時，兩人相擁著漸漸入眠。安潯再次醒來，發現竟然已經早上七點多，司羽坐在窗邊的工作桌前，用她的筆記型電腦。

她光腳走過去，從後面摟住他：「在幹什麼？」

他停下手，微微側頭：「寫論文。介意我用妳的電腦嗎？」

她搖搖頭，電腦裡只有一些畫稿，她連密碼都沒設。

「妳的社群一直有視窗跳出來，提示新訊息。」他拉她坐進自己懷裡，「要看看嗎？」

她繼續搖頭：「助理會處理，不用管。」

「那我關掉了。」司羽說著抬眼看她，笑道，「人氣還挺高。」

「我偶爾上一次網，看到的都是日本救人帥哥的消息，如果你加入社群，追蹤人數肯定非常高。」陽光透過彩色玻璃照射進來，光影在安潯臉上晃動，司羽湊過去送上一個早安吻。

安潯嘟嘴，「沒刷牙。」接著從他身上跳下去，邊走向浴室邊說，「我八點要去學校，下午還有個邀請展，可能今天一天都不在家。」

「嗯，」他應著，隨即問道，「邀請展在哪裡舉行？」

「米開朗基羅廣場那邊。」

洗漱完兩人一起出了房間，安潯說樓下一間早餐店的食物非常棒，司羽開玩笑說：「嚐嚐他們的義大利麵正不正統。」

室友還沒出門，正頂著一頭亂七八糟的頭髮坐在椅子上，刻著昨晚沒完成的泥塑。客廳被她弄得幾乎沒有踏腳的地方，滿地乾乾溼溼的泥屑。安潯繞開一堆還沒加水的石膏粉，剛想和她說話，眼角餘光就瞄到那個義大利人端著咖啡從廚房走出來。安潯下意識地看過去，眼前卻突然一黑，司羽用手摀住了她的眼睛，只聽他在耳邊說：「別亂看。」

安潯意識到他如此反應一定是因為義大利人一絲不掛，忍不住低頭悶笑著跟著他走向門口。關門那一刻，她似乎還聽到室友和那個義大利男人的笑聲，一定是在笑她和司羽。

司羽走到電梯口按了鍵，回頭看她，很認真的樣子：「我可以在義大利幫妳買間房子，妳要是害怕，就請個阿姨，或者找一個安靜正常的室友。」

「這話聽起來像是要包養我。」安潯說。

他牽起她的手，十指緊扣：「妳怎麼說都行，只要離這個室友遠點。」

很難想像她平時生活在這種環境下，明明看起來純情得不得了，稍微過分一點她就臉紅，可涉及藝術方面，她又大方自然到不行。

「不會在這裡待太久，馬上就要畢業了。」安潯挺喜歡他如此在意的樣子。班上的同學都在準備作品，大多不在學校，教授見到安潯，立刻詢問四處寫生後有沒有靈感迸發，會不會交出一個非常驚豔的畢業作品。

靈感確實有，安潯非常猶豫要不要把〈絲雨〉交上去，她有信心自己會得到前所未有的高分。安潯不自覺地又想起了司羽，想他有沒有因為室友和裸露的義大利人而不自在，想他是不是一直在寫論文，想他有沒有在想自己，還想起昨晚那幅沒畫完的畫。

她拿出手機上網，註冊了一個叫「沈司羽」的新帳號，第一件事就是關注「安潯工作室」，第二件事是發第一則貼文，沒有任何文字，只有一張司羽站在富士山下湖邊的配圖。

一件小小的關於他的事，都會讓她高興。

下午邀請展開幕，很多同學都來了。展覽在艾蓋普藝術飯店舉行，展出的作品是教授從他學生以前交的作業中選出來的。吸引了很多義大利的藝術愛好者前來參觀，他們極有禮貌和素養，整個展廳只有工作人員細細的講解聲，其餘人都靜靜地欣賞畫作。安潯非常享受這種氣氛。

展覽結束時已是日落黃昏，整個飯店在薄暮下顯得十分幽靜。因為是別墅式飯店，所以外面就是莊園，噴泉、池塘和修剪整齊的樹木，美得像畫一般。

大家一起走出飯店大門，有人看到池塘邊的長椅上坐了一個人，是位年輕漂亮的東方男人。他見眾人出來，站起身，氣質溫文爾雅，風度翩翩。

不知道是誰感嘆了一句什麼，安潯抬頭看去，便見到了司羽。他站在白色長椅旁，池塘裡倒映著他的身影，他遠遠地看著她，對她笑。其餘人了然，這個東方男人和他們班上的這個東方女孩是一對。

班上有位中國同學，見到司羽十分驚訝，忙問安潯：「他……他是不是網路上那個……」

安潯沒想到過了這麼久還有人記得，而且一下子就認出來了，趕緊對那個同學眨了眨眼睛：「噓。」

那人點頭，做了個守口如瓶的手勢後，依舊忍不住問了句：「所以那幅畫是妳畫的？真的太漂亮了，安潯！」

安潯不明所以，想要再問兩句，司羽卻已經走到她身邊。眾人陸續與安潯道別，安潯與眾人說再見，然後轉頭看向司羽：「怎麼找來的？來了很久嗎？」

他淺淺笑著：「在這附近問問就知道了，找個會英語的人並不難。」

安潯點頭，隨即拿出兩張球賽門票：「別人送的，義大利甲級聯賽，佛羅倫斯對戰羅馬，我們主場。有沒有興趣？」

他接過去看了看，有點意外：「想不到妳還喜歡球賽。」

「說實話不太喜歡，我想你可能會有興趣。」

「興趣是有，但我是英國超級盃球迷，」司羽說著將球票收起來，再看向她時，表情嚴肅了些許，「球賽我們恐怕去不了了。」

安潯意外：「怎麼了？」

當安潯看到網路上被分享了上萬次的〈絲雨〉，腦袋一片空白，半天沒反應過來。她看著那些火爆的氣氛，以及大家叫囂著求模特兒來歷的留言，這下終於確定，沈司羽，紅了。

「你紅了？」

「似乎是。」司羽已經開始關注鴨舌帽、墨鏡和口罩的品牌了。

第七章　風雨傾城

下午家裡打電話來，司羽正在改論文。父親壓著火氣問他網路上是怎麼回事，他還以為是之前的影片，並不在意，後來才知道是〈絲雨〉流傳了出去，網路上鋪天蓋地的都是那幅畫。

若是早一些曝光或許還不會引起這麼多關注，巧就巧在剛出了救人的影片，大家都在挖他來歷，越是查不到就越是好奇，然後〈絲雨〉就出現了。

上傳這張照片的人標註是「畫廊老闆娘」，其餘一概不知。她已經把畫裱框了，文字描述是：早上有人拿畫來賣，看到的瞬間非常驚豔，四千塊買下來，作者不詳。

隨後有人認出是司羽，轉發問是不是富士山救人的帥哥。就這樣，一發不可收拾。

「我確定離開的時候這幅畫放在畫室的畫板上，我用布蓋住了。」安潯皺緊眉頭。她並不想懷疑阿倫，但是他有偷偷出租房子的前科，所以她也不敢確定。

阿倫的電話可以打通，但是一直沒人接。

司羽說：「那邊已經半夜，他或許睡了。」

「他……我覺得不可能是阿倫。」安潯雖然嘴上這麼說，但心裡忍不住懷疑，畢竟阿倫一直在接濟梅子母子，手頭緊了難免做傻事。

「嗯，過去看看再說。」司羽也認為阿倫不會如此，見安潯心事重重的樣子，笑道，「妳因為情敵變多而生氣嗎？」

安潯說：「一直也沒少過呀。」

她其實是怕為他帶來困擾，怕沈家的人為此會不喜歡她。

「當初我是自願的，與妳無關。」他知道她擔心的是什麼，伸手摟她入懷，「我們回汀南吧。」

當晚兩人連夜飛回汀南，中午抵達，正是汀南最炎熱的時候。安潯開機後發現阿倫回了幾通電話給她，剛準備回撥他就再次打來。

『安潯，妳找我？』還是那熟悉的聲音，充滿活力，像是汀南的陽光，非常熱情。

「我在汀南機場，你來接我。」安潯說。

阿倫高興地應著，說等一下就到。安潯留在汀南的切諾基一直是阿倫在開，因此他來得很快，還是寬大背心加短褲的標準配備。他以為只有安潯一人，見到司羽後，了然地朝他們嬉皮笑臉。安潯見他這樣子，放心了不少。

「你最近去過別墅嗎？」安潯問他。

「沒有，我爸回來了，我一直在家照顧他。」他突然想起什麼，「對了，要謝謝司羽呢，我爸果然是腎有問題，叫什麼腎小球腎炎。」

安溽立刻詢問起長生伯的病況。

阿倫說：「不是太大的毛病，他過一陣子就又可以去管理別墅了。」

說到別墅，一直沒說話的司羽，突然對阿倫說：「別墅那裡，應該又遭小偷了。」

阿倫一愣：「蛤？丟什麼了？上次那個小偷還沒抓到呢，這次又丟東西？」

「丟了一幅畫。」安溽說。

「什麼畫？妳的畫？」阿倫反應過來，驚詫，「那可是大案子啊！」

「我們就是回來報案的。」

阿倫抓抓頭：「安溽，妳家不會被賊盯上了吧？」

「是啊，汀南的員警就是裝飾用的，所以他們越來越猖狂。」安溽說著挑眉看向阿倫。

阿倫的臉倏地紅了，氣急：「上次那是沒有目擊者，你們兩個……也沒提供有力的線索。誰叫你們那天偷偷摸摸在房間裡不出來，保證沒幹什麼好事！」

安溽沒想到他會扯上那天的事，生氣地想用高跟鞋踩他。他反應極快地躲開：「說不過就動手，妳是不是心虛了？」

安溽停下腳步，看著離自己老遠的阿倫，微揚起下巴，說道：「李佳倫，你爸是不是說要你幫他看著別墅？」

「蛤？」

「現在別墅被盜你是不是要負大部分責任？」

「蛤？」

安潯勾起嘴角輕輕笑著，阿倫見她這個表情便心驚膽顫。他剛想說幾句好話哄哄，就聽安潯又說：「除非你將功補過，不然就等著賠錢吧。」

她的畫那麼貴，他賣身都賠不起。阿倫立刻哭喪著臉求司羽：「這關我什麼事啊？司羽，你跟她說，這事跟我沒關係！」

司羽拿出口罩戴上，淡淡地瞥了阿倫一眼：「我從來不幹好事。」

阿倫尷尬了，慘了，一下子得罪兩個人。

走出機場後，阿倫看了看明亮的大太陽，又看了看戴著黑色口罩只露出一雙漆黑眸子的男人，奇怪道：「這麼熱的天氣，戴口罩幹什麼？」

「阿倫，作為年輕人，還是應該偶爾上上網。」安潯說著便和司羽一起坐進車子後座，升起車窗擋住那幾道來自路人的探尋目光。

抵達別墅的時候，阿倫的幾個員警同事已經等在門口。直到他們派出所的小女警春風滿面地盯著司羽，阿倫才知道，司羽是個網紅。

安潯檢查一遍別墅的物品，發現丟的全是畫。她對做筆錄的小女警說：「樓上樓下加起來六幅畫，全被偷走了，這些都是我小時候隨便畫的，應該不值錢；畫室丟了一幅，那幅請務必幫我找回來。」

「畫室的那幅就是……」女警偷瞄了司雨一眼，臉紅紅的，「就是他的那幅嗎？」

「對。」安潯說著側頭瞥了司羽一眼，瞧他把人家小女孩迷成什麼樣子。

司羽無辜地笑。見員警都在認真檢查別墅，一時也不需要他們，他側頭對安潯輕聲說：「去換長裙好不好？」

因為來得突然，沒有準備夏天的衣服，她隨意穿了件T恤和薄牛仔褲，很舒服的打扮。聽到他的要求，安潯歪頭詢問：「這樣不好看嗎？」

他笑，湊近她耳邊低聲說：「好看，但是妳穿長裙更迷人。」

旁邊的小女警一臉紅彤彤地跑遠了。

阿倫說小偷應該是個慣犯，因為別墅的門鎖沒有被破壞，開鎖技巧應該很熟練，他們會從附近的鎖匠查起，並且不排除這次失竊和別墅第一次失竊是同一人所為。

不久派出所的同事打電話來，說是找到了那間畫廊。

畫廊就在書畫市場街口的第一家。可能因為天氣太熱，店裡沒有客人。他們去的時候，老闆娘正喜孜孜地坐在電腦後面看網友留言。老闆娘約莫三十多歲，穿著打扮偏文藝風，不過有些用力過猛，看起來稍微另類。

聽到門口的動靜，她頭也不抬地說：「如果想買那小帥哥的畫，今晚九點看我的直播……」

後面的話她沒說出口，因為她發現，來的並不是什麼買家，而是員警。他們身後跟了一男一女，女孩穿著一件漂亮的海藍色長裙，美得不像樣。她身邊的男人戴著口罩，個子很高，有著一雙漆黑迷人的眼睛，讓她忍不住多看了兩眼，莫名覺得有些熟悉。經常和顧客打交道的老闆娘早就練就了八面玲瓏心，笑著走出來，說：「阿Sir，我這裡的畫都是合法管道買來的，而且絕對沒有逃漏稅。」

「電視劇看多了？叫什麼阿Sir。」阿倫看她一眼，對她出示了證件，「而且我們也不是國稅局，查什麼逃漏稅。」

老闆娘哈哈一笑，絲毫不見尷尬：「那您幾位是要買畫？」

「昨天妳上傳到網路上的那幅畫在哪裡？」阿倫問。

老闆娘一聽，臉上的笑容僵了一下：「掃黃？那畫可什麼都沒露。」只是畫上的男人性感了點，誘人了點，總覺得他在溫柔地看著妳，滿滿的深情，看得人心動，捨不得移開雙眼，畫得好，模特兒也好。

「還沒賣掉，是嗎？」安潯走過去，問道。

「沒有。」老闆娘看了看眼前這位漂亮的女孩，「妳想要？晚上來直播間競標吧，現在我不能賣。」

聽她說沒賣掉安潯放心不少。

「多少錢都不賣？」司羽好奇地問。

老闆娘想了想：「低於二十萬我不賣。」

司羽笑了一下，沒說話。老闆娘見他笑得意味深長，覺得自己可能要太少了，正在後悔，卻見安潯對她輕輕一笑：「這畫，少於兩百萬都不能賣。」

「蛤？」老闆娘一時間反應不過來，見安潯的神情不像是開玩笑，立刻心下大喜，聲音都顫抖了，「妳說真的？」

「真的。」安潯笑得人畜無害，「妳把畫拿出來讓我看看。」

有員警在，老闆娘也不怕，就跑到後廳把畫搬了出來。安潯看了看畫框，覺得裱得還真不錯。幾個男員警看到赤裸的男人倒是不覺得多不好意思，只是輕輕咳了兩聲，瞄了瞄站在旁邊一直不說話的司羽。小女警看了之後臉色慢慢漲紅，有點不好意思地嘟囔道：「這畫像有魔力。」

感覺畫中人在向她求愛，當然，這話她不敢說出口。

安溽向老闆娘要了塊布把畫蓋上，隨即拿出自己的印章和這幅畫留存的照片，放到桌子上，說道：「我是這幅畫的原作者，這畫我並未出售，而是被人偷了。妳拿放大鏡看一下，右下角有我的印鑑和簽名，還有這幅畫的名字。」

老闆娘當下傻了：「妳說我買的是贓物？」

「對，經核實這位小姐確實是畫的原作者。妳買畫的時候都不看買賣證書嗎？」阿倫走過去幫安溽把畫包好，「等一下做個筆錄，把妳知道賣畫人的資訊都告訴我們。」

老闆娘無法接受竟是這個結果，哭喪著臉不願意配合，還一直戀戀不捨地看著那幅畫，直到看見安溽和那個戴口罩的男人把畫拿上車，她才猛然發覺：那不就是畫中人嗎？那雙眼睛絕對不會錯。

後來員警把畫廊附近的監視器錄影都調了出來，準備回去仔細查看，安溽向他們道謝，和司羽相攜離開。

徒留傷心落淚的老闆娘，錢沒賺到還賠了四千塊。等員警都走後，她淚眼婆娑地拿出手機發了則貼文：『畫是贓物，據說是被小偷偷出來的，員警帶著原作者和畫中人來店裡把畫沒收了。原作者是個年輕女孩，看印章應該是叫安潯；畫中的帥哥來時戴了黑色口罩，全程幾乎沒說話；最後，終於知道那幅畫的名字了——〈絲雨〉。還有，晚上直播照常，我還有別的畫。』

老闆娘還配了一張偷拍的照片，照片中左右兩側能看到員警的身影，但比較顯眼的還是中間兩人，他們背對著鏡頭向門外走去。男人身形修長，女人長裙黑髮，兩人氣質不凡。

結果就是，留言再次爆了。

一部分人貼網址嘲笑老闆娘做賣畫生意，竟然不知道新銳油畫家安潯；一部分人跪求老闆娘放正面照；還有一部分人越挫越勇，繼續挖男主角的來歷。

當然，這些司羽和安潯都沒有再去關注。回程路上，安潯回了幾個電話，竇苗那裡要說明一下，安非也氣呼呼地打電話來問畫的作者是不是安潯，為什麼說作者不詳。

司羽也接到不少電話。大川的越洋電話打了十幾分鐘，亂吼亂叫地說愛上了司羽，又崇拜起安潯，後悔自己當初沒要個簽名，還傻笑著說原來在汀南的時候他們每晚待在畫室是真的在畫畫，最後又悄悄問司羽是不是脫光了。司羽沒說話，大川賊兮兮地又問，都脫光了難道沒幹點什麼？司羽直接掛了電話。結果又有別人打來詢問，他終於不耐煩地關機了。

安潯對失而復得的〈絲雨〉寶貝到不行，回程的路上一直抱著。司羽卻有些心不在焉，只想著，又來汀南了，這個認識她的地方。

庭院黃椰子樹下的椅子還在，落滿了灰塵和枯葉。安潯和司羽準備一起打掃別墅，他做的第一件事就是把椅子擦乾淨，然後坐到上面，長腿搭在旁邊的石臺上，像以前一樣的姿勢，看向拿著竹掃把掃落葉的安潯。想著那天也是這樣，他因為失眠，前一晚幾乎沒睡，好不容易有些睡意，她卻突然出現在眼前，輕輕地對他笑。

「喂，你不做事嗎？」安潯不滿他竟然悠閒地坐在椅子上看她打掃。

他向她伸手，示意她過去。安潯放下掃把，一走過去便被他撈進懷裡。庭院安安靜靜的，只有風的聲音。不知從哪裡飛來一片葉子，飄蕩著落到安潯海藍色的裙子上，點綴著裙上的花紋。

司羽用鼻尖、用唇輕輕地摩挲著安潯的臉頰、下巴、嘴唇，良久，聲音微啞：「接吻嗎？」

安潯沒說話，微微仰頭，他順勢低頭。

漸漸的，似乎風都靜止了，樹葉的沙沙聲也遠去，只感覺到他微顫的睫毛，平緩的氣息。不遠處的沙灘上傳來小孩子的嬉鬧聲，伴隨著忽強忽弱的海浪聲，直到大門突然發出吱嘎一聲，她才回過神來，下意識地想和司羽分開。

阿倫推開大門走了進來：「安潯，我來借梯子。」

才說完就見到那兩個人擠在椅子上，安潯垂著眸子不看他，司羽則皺眉瞥向他。阿倫眨眼，察覺氣氛不對，趕緊自顧自地走去後院，邊走邊說：「那個……我自己去拿了啊。」

司羽無奈地看著安潯，對阿倫破壞氣氛的行為十分不爽。安潯忍不住笑：「是你沒鎖門。」

阿倫舉著梯子目不斜視地從他們面前走過，開門出去，隨即又傳來響動。安潯說：「我去看看他要幹什麼。」

阿倫帶了個人在別墅大門口裝設監視器。他說：「小偷要是再來，就讓他無所遁形。」

「你覺得小偷還會再來？」安潯挑眉問他。

阿倫抓抓頭，嘟囔著：「有總比沒有強。」

那位工作人員裡裡外外地牽線，調角度，測試，阿倫則拉著安潯下載App，上網註冊，好半天才搞定，這時已接近黃昏。阿倫送走架設人員後，樂呵呵地跑到安潯身邊：「不請我吃飯嗎？」

安潯非常自然地將牆角的拖把遞給他：「把地拖了。」

「蛤？我是客人耶！」

安潯不理他，而是拿出手機給他看了社群裡的一則留言。

那是「安潯工作室」最後一則貼文下的熱門留言：『這應該是一場雙贏的炒作。那個畫裡的模特兒成功出道，只用了兩個契機就紅得發紫，堪稱一流，接下來就是接業配、開直播。而安潯，在國內的知名度又進一步提升，作品價格也會水漲船高，讓我們拭目以待。』

因為懷疑炒作的理由也算合理，所以這則留言被頂到了最上方。

「司羽要出道？」阿倫嘖嘖兩聲，「我要是有他的身價，買飛機遊艇不好嗎？誰去混娛樂圈啊。」

安潯瞥了他一眼，也不怪他抓不到重點，反問：「我們用得著炒作嗎？」

阿倫看著她傲嬌的樣子，用力搖頭：「不需要，這些人不懂藝術，也不了解司羽。」

安潯滿意地走了。

司羽正在院子裡澆那些花草樹木。她走過去，站在黃椰子旁，歪著頭看他：「想吃你做的菜了。」

司羽拿起院牆上掛的籃子掛到她手臂上，瞧了瞧她的模樣，笑道：「還挺搭。跟我去摘菜吧，小村姑。」

阿倫正在拖客廳的地，聽到敲玻璃的聲音，是安溽在外面示意他過去。他將拖把放到一旁，心想為什麼她要自己往東，自己就不敢往西呢？明明安溽也沒有多厲害，在司羽面前像隻小綿羊。

安溽對阿倫說她還是要報案，丟的東西除了畫，還有菜。長生伯種的蒜苗、大蔥都被人拔走了，還有豆角和青椒，摘得一棵都不剩，只留下一根乾癟的黃瓜。

安溽拿著空空的籃子站在司羽身旁，有點生氣：「他……連我家的小菜園都不放過？」司羽摸摸安溽的頭以示安慰，然後對阿倫說：「阿倫，這小偷可能是附近的人。」「還是個十分顧家的人。」阿倫也覺得這有點過分了，欺負安溽家沒人啊！那是他爸辛辛苦苦種的呢。

後來三人只好去外面吃飯。

阿倫本來還挺生氣，但意識到家常菜變成了高級餐廳的美食後，立刻心花怒放，想著如果把梅子母子都叫來會不會顯得太厚臉皮。

誰知這頓飯終究是沒吃到。

阿倫還沒打電話給梅子，她倒是先打來了。阿倫本想調侃她電話打得時機正好，誰知她在電話裡哭得上氣不接下氣。阿倫要她慢慢說，結果聽了半天也只聽懂「天寶」兩個字。

「應該是天寶出事了。」阿倫忙收起手機，對司羽說，「可以送我去梅子家嗎？很急。」

因為之前曾經送梅子母子回家，所以司羽還記得路。車子剛開到廠房附近的道路，就看到救護車閃著刺眼的光芒停在巷子口，在黑夜襯托下，顯得觸目驚心。

三人進入違建區，巷子窄小漆黑，醫護人員拿著手電筒在前面照路。司羽牽過安潯，讓她緊跟著自己。這段路不長卻很難走，安潯和司羽總是莫名碰到瓶瓶罐罐，聲響極大，很是尷尬。

當他們走到梅子家門口時，天寶正被人用擔架抬出來。在手電筒微弱的光線下，他的臉色慘白，似乎暈了過去，但身體還不停地抽搐著。

梅子跟在後面出來，幾次差點摔倒，阿倫連忙跟上去扶著她一起坐上救護車離開。

等救護車走遠，安潯才想到要問：「那孩子怎麼了？」

司羽搖搖頭：「很多病都會導致昏厥。」

眾人離開後，看熱鬧的人也回家了，巷子裡突然變得又黑又靜。安潯有點害怕，伸手抓住司羽的手，盡量讓聲音聽起來自然一點：「我們也走吧。」

「多待一下吧。」他絲毫沒有要離開的意思，只笑道，「妳難得這麼主動抓我抓這麼緊。」

安潯氣得用力捏了他幾下。

不久阿倫打電話來，他們正在商量要怎麼幫梅子家鎖門。屋子很小，地上滿是蔬菜、舊書本和報紙等雜物，顯得有些凌亂。安潯在矮櫃上找到幾把鎖，但全都是壞的。

『不用鎖，關上就行了，不會有人去偷東西。』阿倫說完，又支支吾吾地對安潯說道，『安潯……妳能不能來一趟醫院？我們……沒錢交押金。』

前些日子天寶剛做完一次手術，梅子四處借錢，阿倫也幫忙出了一些，總算湊足幾萬塊手術費，本以為一切都會好轉，怎知卻變得更糟糕。

安潯和司羽剛抵達醫院，就看到天寶的主治醫生從病房裡出來。梅子的情緒本已穩定許多，見到醫生不免又有些激動。

司羽過去詢問了一下情況，這才知道天寶是先天性心臟病患者，這次昏厥是突發呼吸障礙引起的。醫生說隨著孩子年齡增長，心臟的負荷越來越重，要盡快送去醫療水準更高的醫院治療。梅子絕望地搖頭，淚流滿面，阿倫的眼眶也憋得通紅。醫生嘆息著要離開，安潯和司羽一起出聲攔住了他。

兩人對視一眼，立刻知道對方在想什麼。

安潯有些感動，為他們的心有靈犀，為他們的力所能及。

「現在能辦理轉院嗎？」司羽問醫生。

醫生上下打量他一下，說：「可以是可以，不過他們家的情況……你要換到哪間醫院？」

「聖諾頓心臟外科醫院。」

醫生聽到這個名字愣了愣，說：「如果真的能去那裡，天寶這個病就有救了。但那裡是私立醫院，每位醫生都是權威級的，沒有一大筆錢……」醫生看了梅子一眼，嚥下了到嘴邊的話。

司羽也順著醫生的視線看過去，阿倫和梅子都是一副難以置信卻重拾希望的表情，而安潯則眨著大眼睛緊緊盯著自己，那麼期待，期待自己救這個孩子。

司羽說：「不需要錢。」

梅子一時間沒反應過來，阿倫先高興地跳起來，對她說：「天寶有救了，妳聽到了嗎？」

「怎麼……怎麼會不需要錢？」梅子不敢相信。

「司羽是那家醫院的醫生，他說不需要就一定不需要，可能從他的薪資裡扣吧。」阿倫見梅子不放心，趕緊隨便說了個理由安慰她。

安潯笑起來，看向司羽，突然有種說不出的感覺。感動，或者心動。

司羽打了許多電話幫他們聯絡醫院，春江那邊接到通知，連夜準備好收治天寶的工作。安潯陪著梅子在這邊的醫院辦理了相關手續。梅子對他們非常感激，還有些莫名的愧疚，總是欲言又止卻又遮掩著假裝無事。

阿倫雖然又變回嘻皮笑臉的樣子，但看向安潯的眼神多了絲認真：「謝謝妳啊，安潯。」他一反往常死皮賴臉的態度，這麼正式地向自己道謝，安潯倒是很意外：「我們是幫梅子，又不是幫你。」

安潯和司羽從醫院出來時已是後半夜，天空下著小雨，淅淅瀝瀝，雨絲和著風吹過來，帶著些許涼意。司羽護著安潯坐進副駕駛座。她搓了搓肩膀，轉頭看向從另一邊坐進來的司羽，不滿地說：「沈司羽，你要我穿裙子就為一己私欲，我要是感冒了，第一個傳染給你。」

司羽總能抓住意想不到的點，淡笑著問：「妳要怎麼傳染給我？」

其實安潯本來沒多想，但他的話總是那麼容易讓人浮想聯翩。安潯恍惚想起那天凌晨，他著涼了，抱著她親吻，說要傳染給她。安潯腦中的畫面旖旎，便順著他的意說：「親你。」

司羽意外地看向她，她回視，突然一本正經地說：「司羽你真的是個很好的人。」

他挑眉：「這不是分手臺詞嗎？」

「嗯？」

「下一句通常是『可是我們真的不合適』之類的。」

安潯笑道：「我是要表白的。」

司羽又熄掉剛發動的引擎，一手搭在方向盤上，轉過身看著她，既認真又鄭重地說：「妳繼續說。」

安潯被他的舉動弄得有點害羞，看向前方，隨意道：「也沒什麼要說的了，就只是想說我挺喜歡。」

「喜歡什麼？」

「……你。」

回程的路上，安潯發現司羽的嘴角一直微微上翹，很不明顯，他似乎是在——暗爽。

雖然平時他對人總是禮貌、疏離又少言寡語，但其實他真的非常好哄。

「司羽，你去醫院工作後會不會每個月都要倒貼別人錢？」安潯想到他們明天帶去春江的天寶，說不定以後會有王天寶、張天寶。

司羽「唔」了一聲，點頭道：「也不是不可能，以後可能要讓妳養了。」說著轉頭看向她。

安潯也點頭：「也不是不可以，只是你要多脫幾次衣服。」她說完才發現這句話有歧義，想改口，可司羽臉上的表情已經變得玩味。

安潯硬著頭皮假裝鎮定地解釋：「我指的是當我畫圖的模特兒。」

他慢悠悠地「哦」了一聲：「我也沒想……別的。」

才怪！沒想的話，幹什麼加重最後兩個字。

到家的時候雨變大了，司羽本想拿傘來接她，她卻直接跟著下車，提著裙子跑到門廊下，說道：「你先進去幫我看看裡面有沒有小偷。」

司羽見她說得認真，心下好笑，彎腰抱起她就向庭院走去：「沒有小偷，狼倒是有一匹。」

安潯猶豫了一下，小聲說：「想睡。」確實是又累又睏，他們從義大利連夜回來，白天又忙了一整天，都沒時間調整時差。

司羽抱著安潯直接上樓，去了她的臥室，把她放在椅子上：「妳別動。」

然後他去衣櫃幫安潯拿換洗的衣物，又去浴室調好水溫。安潯靜靜地坐在椅子上看著司羽，他髮梢上凝著水珠，一動，水珠就顫顫巍巍地滴落下來，砸在地板上開出一朵小花，如她心中的漣漪。

「這麼貼心？」安潯慵懶地靠在椅子上，看著他忙碌。

「累了就乖乖坐著。」他說。

洗澡時，安潯想，她會被他慣成懶人的。

整理好自己後離開浴室，安潯在書房找到忙碌的沈司羽，安潯問他：「怎麼不休息？」

「準備做點有意義的事。」

下了一夜的雨，汀南的天清澈透亮，海水和泥土的味道充斥在空氣中，清新宜人。安潯來到樓下，司羽已經在廚房裡了。他見安潯醒了，走到一旁拿了個小碗，說：「煮了燕麥粥，還有煎蛋，只能先頂一下。」

「好。」安潯走到他身邊，看著他盛粥，「你一夜沒睡嗎？」

他看起來心情很好，見她神色擔憂，安慰說：「不是失眠，別擔心。」

安潯有點好奇他說的「有意義的事」是什麼。

吃完早餐，司羽遞給安潯一疊紙，眼神中閃著光亮：「昨天晚上草草做的，妳覺得怎麼樣？」

《先天性心臟病兒童救助基金企劃案》？

安潯沒有立刻看那份企劃案的內容，而是仰頭看著司羽，良久，低聲感嘆道：「沈司羽，你這麼美好，我怕自己要配不上你了。」

「說什麼呢，聖諾頓醫院本來就是為了治病救人而成立的，而沈洲集團剛好有這個財力和物力幫助更多的人。」司羽摸摸安潯的頭髮，「妳看一下，給我些意見。」

安潯認真地把每一頁、每個字都看了一遍後，眼眸深深地看向他，問：「天寶是第一位接受救助的人？」

他點頭。

「因為司南？」她看到他把司南在沈洲集團的股份都捐出來了。

他眸子沉了沉，說道：「我不希望本來可以治好的人，卻因為其他原因放棄生命。」

司南有最好的醫療團隊和設施，卻沒能活下來，而能活下來的人卻因為金錢而要放棄。

安潯發現，和他在一起後總是動不動就覺得感動，明明他不是個煽情的人。她走過去抱住他，腦袋摩娑著他的胸膛：「我也捐幾幅畫。」

「妳的畫留著吧。」

「嗯？」

「還要養我呢。」

手續辦完要前往春江那天，阿倫送他們去機場。天寶病情穩定了些，坐在輪椅上由梅子推著。

「拿著，在飛機上吃。」阿倫彆彆扭扭地遞給安潯一盒餅乾。

安潯奇怪地看了他一眼，直捷了當地拒絕：「不要。」

阿倫又往前推了推：「妳不吃就給司羽吃。」

司羽瞥了一眼：「我也不要。」

阿倫快被他們兩個氣死，於是把盒子放到天寶腿上，對他說：「天寶，到飛機上給那個姐姐吃，不要忘了。」

小孩子把這件事當成重要的任務，用力點了點頭。登機後他緊盯著安潯，一等她坐好，立刻把餅乾盒遞到她眼前。安潯無奈地輕笑，伸手接過，問身旁的司羽：「天寶可以吃嗎？」

「可以。」

安潯本想給天寶一塊，誰知道一打開盒蓋便發現襯紙上放了張金融卡，她左右翻了翻，笑道：「李佳倫也真夠搞笑的。」

趁飛機還未起飛，安潯打了個電話給阿倫。他還沒走出機場，聽到安潯說看到金融卡了，似乎還有點不好意思。

「卡裡有幾百萬？」安潯問。

『……也就幾十塊錢吧。』沒等安潯說話，他又道，『總之卡妳收著，直到還完天寶的醫療費妳再給我，只是要花好多年才能還清，你們別算我利息就好。』

安潯不再逗他，說：「阿倫，司羽會想辦法。」

『幹什麼呀，你們跟梅子非親非故的。』他呵呵一笑，故作輕鬆，『妳別和梅子說，不然她總覺得欠我的。』

安潯看了不遠處的梅子一眼，壓低聲音：「阿倫，你和梅子也非親非故。」說完，她竟覺得有點心酸。

阿倫半晌沒說話。

他們的關係僅止於警員和搶劫犯的妻子，他卻為她做盡一切。

從汀南飛到春江，不過三個小時。

安潯出了通道就看到安非，有些意外：「你怎麼知道我回來？」

安非接過她的行李，朝司羽揮手打招呼，說：「姐夫告訴我的啊。」他叫「姐夫」叫得還挺順口。

安潯對司羽說：「我想和你們去醫院。」

「醫院有我，妳回家好好休息。我會抽空去找妳，好不好？」司羽還沒說完，電話就響了，是醫院派車來接人。見司羽忙著安排天寶，安潯便乖乖和安非走了。

安非想，要是有朝一日安潯能這麼聽他的話，那該是多美好的人生體驗。

救護車的車身印有聖諾頓的標誌很容易找到，司羽戴了鴨舌帽和口罩，前來接人的主任有些不敢確定，小心翼翼地問：「是沈司羽先生嗎？」

司羽點頭。

兩個剛畢業的小護士一直盯著司羽看，十分想一窺廬山真面目。

很早之前她們就聽說醫院要來一個實習醫生，是東京大學醫學系的高材生，而且還是聖諾頓老闆的兒子，據見過他的資深護士說，小老闆十分帥。

可是她們左盼右盼就是沒等到他，該報到的日子也不見人影，於是從期望到失望，最後大家一致認為他只是想來混個實習分數不上進的富家子弟，誰知道突然說來就來了。但是他為什麼要遮臉？長得好看不就是為了給人看嗎？

等他坐進車裡，兩個小護士親眼看著他摘掉口罩，興奮得差點暈倒。若不是在主任面前不敢太過放肆，她們可能會憋不住大聲驚呼。

〈絲雨〉的男主角啊！

沈司羽就是〈絲雨〉的男主角啊！

她們好像知道了不得了的祕密。

其實安潯非常想看司羽穿白袍的樣子，但是她得要調整亂七八糟的時差；要和賓苗商量公告的事，畢竟網路上尋找〈絲雨〉男主角的呼聲實在太高；還要接受安媽媽的審問，問司羽什麼時候來家裡。不過幾天時間，安媽媽已經成為司羽的腦殘粉。

安潯實在煩透了，對安教授說：「爸，您也不管管媽？」

「老樹開花，我強行折了豈不是太狠心？」安教授推了推眼鏡，繼續看財經雜誌。

「爸，您的語言造詣已經達到一個我無法企及的境界。」安潯恨恨地「誇讚」。

再次見到司羽是在回來後的第三天傍晚，安潯剛完成一幅畫作。

司羽等在社區門口，保全還記得他，遠遠地朝他打招呼，還對他做了個守口如瓶的手勢。司羽明白他的意思，笑了笑，覺得安潯家門口的保全挺可愛。

安潯走出來坐進車裡，問：「你們聊什麼呢？」

「他認出了我，並表示絕對不會告訴別人。」司羽兩天沒見她，挺想念的，想親她卻看到保全伸長了脖子往車裡面看，於是他發動車子，「寶寶，妳又忘了繫安全帶。」

司羽不常這樣叫她，故意逗她或者情到濃時才會如此。安潯心裡泛起漣漪，臉上卻故作鎮定地繫好安全帶，問：「我們去哪裡？」

「先去吃飯，等一下我回醫院看看，明天天寶就要動手術了。」

「我跟你一起去看看他。」

百聞不如一見，安潯第一次來聖諾頓，不禁感嘆這裡真的太大了。大樓不似傳統的醫院，簡約的歐式建築和裝修風格。放眼望去，來來往往的醫生護士也顯得專業又認真。安潯想，怪不得那麼多醫學生和護士擠破腦袋也想來這裡任職。她牽著司羽的手，跟他一起等電梯，看著身邊的醫生護士，問他：「你會穿白袍嗎？」

他看她：「想看？」

安潯點頭。

「之後回家穿給妳看。」說著帶她進入電梯。見電梯裡有人，他便湊到她耳邊悄悄說，「妳穿護士服。」

安潯反應過來時，電梯已經到了四樓，她想甩開他的手，他卻握得更緊了。安潯小聲道：「沈司羽，你剛才是不是又耍無賴？」

電梯門緩緩打開，外面剛想踏進來的小護士驚訝地瞪大眼睛，自己剛才聽到了什麼？小老闆耍無賴？緊接著小護士看到小老闆牽著一個女孩走出來，女孩臉上帶著極淡的羞赧神色，正嗔怪地看著小老闆，而小老闆，同樣也在笑著，眉目都沾染著溫柔的笑意。他輕聲說：「安潯，妳可以說得再大聲點。」

「可以嗎？」

「妳試試。」

小護士第一次看到小老闆如此神情，愣愣地甚至忘了進電梯。司羽說話間看了她一眼，問道：「天寶吃藥了嗎？」

小護士是專門負責照顧天寶的護士，聽到小老闆提起天寶，才意識到他在和自己說話，連忙回答：「吃了，小老……沈醫生。」

司羽「嗯」了一聲，牽著安潯便繼續走。

小護士問：「沈醫生您不是下班了嗎？」

「我來看看。」

「您是要看天寶嗎？他病房裡有客人。」小護士邊說邊偷偷瞄著安潯，男神的女朋友，一定要仔細看。

就在小護士走神的瞬間，兩人已經轉身離去，只有輕微的說話聲傳來。

「沈醫生，她一開始想叫你什麼？」女孩的聲音非常好聽，似水一般柔軟，悅耳動聽。

「妳覺得呢？」

「小老……頭。」

隨即是小老闆的笑聲，那麼開心，只聽他說：「安潯，這一點都不好笑。」

「那你在笑什麼？」

小護士生無可戀，唔……這麼甜蜜好虐人！

看著兩人越走越遠的背影，她覺得受打擊的不能只有自己，連忙拿出手機打給同事：

「我失戀了，妳也失戀了。對，小老闆來了，帶著他的女朋友……我怎麼知道是他女朋友？他一直對那女孩笑啊，還十指緊扣，他們站一起好相配啊。妳知道他女朋友是誰嗎？就是〈絲雨〉的作者，那個畫家安潯。對，本人超美。我怎麼知道的？小老闆叫她名字了，就是安潯，我聽得一清二楚，好想上網留言，但又不敢……」

小護士說著走進電梯，在電梯門關上之前，她看到有人推開對面樓梯間的大門。那人匆匆走了進去，她忙喊：「喂，那個天寶家的朋友，電梯在這裡。」

那人頭也不回地走進昏暗的樓梯間。小護士一臉奇怪地按了電梯的關門鍵，對電話那一頭抱怨道：「奇怪的人，有電梯不坐……不知道長什麼樣子，一直戴著連衣帽低著頭。」

安潯隨著司羽走進天寶的病房，房間裡除了他們母子並無他人。梅子見到兩人似乎非常意外，慌亂地站起來招呼他們坐。天寶坐在病床上看書，見到安潯，非常乖地叫了聲「姐姐」。

「你有沒有哪裡不舒服？」司羽走到他身邊，摸著他的腦袋。

「沒有不舒服，醫生哥哥。」他闔上書，滿臉期盼地看著司羽，「明天的手術會不會痛？」

司羽搖頭，肯定地告訴他：「不會痛，有個哥哥告訴我，輕鬆得就像睡覺一樣。」

安潯看向司羽，感到悲傷。

天寶眼中滿是驚喜，追問：「真的嗎？那個哥哥好了嗎？」

司羽本想拉開抽屜拿聽診器，聽到他的問話，生生頓住，半天沒說話。安潯察覺到他的失態，牽住他的另一隻手。她的手很暖，很安心，司羽回握了一下，似乎在表示不用擔心。

他對天寶說：「是啊，他再也不會痛了。」

天寶十分高興，梅子也跟著笑了起來，隨即她從另一個床上的枕頭下拿出一個信封，猶猶豫豫地說：「沈醫生，這些錢……也沒多少，先給你……」

司羽蹙眉，沒接，抬頭看她：「剛才護士說，妳這裡有訪客。妳在春江有認識的人？」

梅子臉色一白，緊張地道：「是……一個老朋友，正好在春江，就來看看天寶。」

司羽一直沒接過那袋錢，梅子尷尬地把錢放到櫃子上。司羽檢查完天寶，又說了些注意事項，就帶著安潯離開了。

在電梯裡，安潯說：「我以為是阿倫來了。」

司羽側頭看她，輕聲說道：「是天寶的爸爸。」

安潯一愣，那個搶劫潛逃的人？她驚訝道：「你怎麼知道？」

他說：「猜的。」

安潯瞪著一雙黑白分明的大眼看著司羽：「那我們要報警嗎？」

似乎被她的表情逗笑，他低笑一聲：「別擔心，不是什麼危險人物，等明天動完手術再說吧。」

兩人說著走出醫院大樓，司羽下意識地摸向口袋，頓了一下又空手抽出來。

安潯注意到他的動作，知道他是顧慮自己，於是她停住腳步，轉身站到他前面，伸手從他的口袋裡拿出一盒菸，還是那個外國牌子。她抽出一根含到嘴裡，抬眼看他：「想抽嗎？」

司羽眸色幽深地看著她，看她又伸向他的口袋，拿出那個銀色的打火機，點燃那根菸。司羽的眼神更深邃了。她不知道她做這些動作有多誘人嗎？或許她知道，她就是故意的。

「喂，那位小姐，醫院不能抽菸。」有人從不遠處出聲阻止。

兩人循聲看去，說話的是一位年輕護士，她身邊站著的正是之前在電梯口碰到的那位照顧天寶的護士。她們也注意到抽菸的兩人是沈醫生和安潯，連忙紅著臉打招呼。安潯用拇指和食指把菸從自己嘴裡抽出來，塞到司羽嘴裡，笑著對兩位護士說：「是妳們沈醫生抽的。」

兩個護士看著他們，不知說什麼才好。

「醫院門口也不可以嗎？」司羽將菸拿在手裡，笑得溫和，「我下次會注意。」

兩個護士臉頰更紅了，匆匆小跑離去。

安潯瞥了他一眼，率先步下樓梯朝車子走去，撇著嘴道：「你們醫院的護士姐姐都被你迷得七葷八素。」

司羽把菸叼進嘴裡：「吃醋？」

安潯不理他，開門坐進副駕駛座。司羽跟著坐進車裡，俯身壓住她，渡了口煙給她，緩緩道：「我又不會對她們這樣。」

安潯把煙吐出來，瞪他：「沈司羽！你怎麼……時好時壞。」

剛才在病房裡，她看著他溫柔的樣子，心動、愛慕，結果出來還沒多久，他又變得這麼壞。

司羽挑眉，似乎在思考她的形容，半晌輕笑：「司南才是這樣的人。」

當一個人開始和你談論那件讓他諱莫如深的事情時，代表他的傷口開始癒合了。

「他嗎？看起來是個很有修養的人。」安潯想了一下，覺得沈司南和她剛認識的司羽很像，進退有度，禮貌溫柔。

「只是表面，他壞起來真的非常討厭。」司羽似乎想到什麼，吸了口菸，吞雲吐霧，「他曾對我說，他之所以生病，是因為在母親肚子裡的時候，我霸占了所有養分，他的身體才有缺陷，一切都怪我。」

安潯愣住，司南竟然說過這樣的話？

她替司羽難過：「你一定很傷心……」

司羽不置可否，又道：「我可能就是從那個時候起想當醫生的，想把他的病治好，不然他總是怪我。後來長大一些，有一次急救後，他對我說：幸好生病的不是你，真的太痛了，你肯定受不了。」

外面有救護車的聲音呼嘯而過，還有忙進忙出的護士醫生，車內卻突然安靜下來。他將菸按熄在菸灰缸裡，轉頭看安潯，笑道：「妳這表情是想哭嗎？」

安潯轉頭看向前方，聲音低低的：「沒啊……」

他伸手把她的臉轉過來，俯過身吻她，在她唇間輕輕說著：「過去很久了，別為我難過。」

第二天是小年夜，安媽媽一早就把全家人叫起來掃除。安潯說要去醫院陪梅子，穿上羽絨衣就要離開。安非說要陪她一起去，卻被安媽媽抓回來，怒道：「你姐姐的朋友，你去湊什麼熱鬧？」

「這可是姐夫的第一臺手術，意義重大啊，我要去加油打氣。」和大掃除比起來，安非寧願去醫院聞消毒藥水的味道。

「他又不是主刀醫生，不用加油。」安潯說完，瀟灑地關門離去，留下欲哭無淚的安非。路上接到阿倫打來的電話，他仔細詢問天寶的病情和手術安排，安潯猶豫了一下，最終還是沒有把天寶父親出現在醫院的事告訴他。

安潯抵達醫院的時候，手術準備已經完成。她本來以為能看到司羽穿白袍，結果去了才發現他已經換上了藍色的手術服。來晚了。

梅子有點緊張，安潯一直陪著她。

從清晨到黃昏，約莫十多個小時手術室的燈才熄滅。

主刀醫生率先走出來，司羽跟在他身後。安潯見司羽的臉色有點白，額頭還有細細的汗，知道這一站十多個小時很辛苦，她走過去輕聲問：「很累嗎？」

他搖頭，看著她，喉嚨有點乾澀地說：「很想抱抱妳，可是妳要等我換完衣服。」

主刀醫生對梅子說：「手術很成功。」

梅子激動得眼淚嘩嘩一直流，懸著的一顆心放下後，人都站不穩了。安潯伸手要去扶她，另一邊卻突然伸出一隻有力的手猛地抓住了梅子的手臂。

梅子坐到椅子上才發現扶著自己的人不是安潯，她瞪大眼睛緊張地看著那人，顫抖著嘴唇半晌說不出話。

安潯看著突然出現的男人，回頭看向司羽，兩人都大概猜到了是誰。

見梅子沒事，醫生陸續離開。司羽走過去將安潯擋在身後，對那個男人說：「如果你想見天寶，還要等一等。」

坐在長椅上的梅子猛地抬頭，驚訝地看著司羽：「你……知道？」

司羽又看了那個男人一眼，繼續說：「看完天寶後，希望你做出正確的選擇。」

那人一直低著頭，半晌才發出十分輕微的一聲「嗯」，然後又沉沉地說了聲：「謝謝。」

司羽牽著安潯準備離開，又聽他說道：「安小姐、沈醫生，對不起。」

安潯奇怪地看著他，問：「為什麼要道歉？」

他終於抬頭看向他們，是個挺年輕的男人，長得很端正，只是眼中滿是滄桑。

他說：「對不起，偷了你們的東西。」說完，坐在他後面的梅子捣住了臉。

一切都是為了天寶的醫藥費，搶劫、偷東西都是為此。

之前他聽到阿倫跟梅子的對話，知道阿倫的父親生病住院，便大膽地去了一次別墅。他偷了幾個包包，把值錢的東西賣了，包包和證件都扔了。梅子聽說他偷了別墅裡的東西，哭著找到他扔掉的東西，把證件送了回去。

她說那些人裡有個人請她和兒子吃飯，是個很好的人。後來，他無意間又得知別墅的女主人是個畫家，她的畫很值錢。走投無路之下他又去了一次別墅，把所有的畫都偷了出來。

天寶送醫那天，他躲在小屋的床下，看到這對溫柔的年輕男女幫忙關燈、鎖門，聽著他們和阿倫打電話，說要去醫院幫天寶付押金。後來，梅子說那男人是個醫生，幫忙聯絡了醫院，免費給天寶治療，他就偷偷跟來了。

「我不知道那幅畫會對你們造成這麼大的困擾，對不起。」他在網路上看到了一些報導，給沈醫生添了麻煩，又害安潯被懷疑是刻意炒作。他鞠躬致歉，慚愧道，「我會找機會說明情況的。」

安潯好半晌沒反應過來，直到她看見梅子無地自容的樣子，才相信這一切都是真的。而司羽，似乎早就料到，並沒有一絲驚訝。

天寶的父親看向病房，坦言，「我不會為自己狡辯，不管犯罪的理由是什麼，犯罪就是犯罪。」他走到長椅上抱了抱梅子，「等天寶醒了，我看他一眼就去自首。」

安潯獨自回到家，天寶手術後她就沒有再去過醫院。安潯也不是怪他們，只是怕梅子尷尬，梅子應該很難面對自己。司羽說，天寶醒來後梅子和她的丈夫就一起離開了，梅子在鄉下的父母會來醫院照顧孩子。

晚上阿倫打電話來問手術的情形，安潯覺得阿倫應該知道些什麼，不然這些事他應該去問梅子才對。

「阿倫，梅子有老公、孩子，你這又是何苦呢？」安潯說。

阿倫語塞，須臾，輕咳道：「一開始只是看他們可憐，後來覺得梅子堅強，既然幫了就好人做到底……我也沒想從她那裡得到什麼。」

阿倫沒交過女朋友，總是粗枝大葉的，有一副熱血心腸，說話經常不用大腦，為了別人的事能放下男人的尊嚴，低聲下氣地求人，而梅子……

阿倫知道梅子不喜歡自己，也知道梅子有時候挺自私、挺壞的，利用自己的感情，但是想想她做這一切都是為了救孩子就又心軟原諒她了。

他還知道梅子和她老公一直有聯絡，只是沒有找到證據。

後來，安潯再看到梅子他們的消息是在網路上。汀南警局的官方網頁上發布了偷〈絲雨〉的嫌疑人自首的消息，說是一對年輕夫妻。當時這則新聞沒有引起多大的關注，但是過了幾天，有記者採訪了這對嫌疑人後發了一則長文，講述他們的故事。

這篇文章中，記者詳細描述了這對夫妻幾次偷盜的經歷，特別提到了汀南的別墅和〈絲雨〉，沈司羽不計前嫌，還幫他們免費治療。記者感嘆，看到了人性的光輝。

這則長文在網路上成為熱門話題，有人唏噓這家人的遭遇，有人批評他們利用小員警的感情，有人憤怒他們的行為，而更多人因為知道了〈絲雨〉畫中模特兒的來歷而沸騰。

沈司羽的社群被挖了出來，上面只上傳了一張照片，沒有隻言片語。

照片中，他站在富士山下回頭看著鏡頭，富士山恢宏雄壯，山下碧綠的湖泊倒映著藍天白雲和他，棧橋上的他溫柔地笑著。

不管是背景還是他，都美得驚人。

他只關注了一個帳號：安潯工作室。

於是有人開始猜測他與安潯的關係。

其實早在〈絲雨〉於網上流傳的時候就已經有人懷疑過兩人是不是戀人，因為男主角看過來的眼神實在太令人心動，妳覺得他是在看妳，但稍微思考一下就知道，他當時在看的——是畫畫的人。當然也有人認為這只是畫家的要求，就是要這種深情款款的眼神。相關討論後來不了了之，大家更關心的是這個人到底是誰。

一夕之間，沈司羽的社群粉絲多了幾十萬。

安潯本來在自己的房間畫畫，安媽媽敲門進來說她的手機一直在閃，她接過去一看，上次在義大利一時無聊註冊的帳號，竟然被網友發現了。這種時候她再去說帳號的主人不是司羽也不會有人相信，畢竟有相片為證。

安潯看著不斷上漲的粉絲數，有點嫉妒，她工作室的帳號註冊了兩年，而司羽只用了幾天，就有超越她的態勢。

安潯看了看時間，已經下午了，想著自己冒充他註冊帳號的事還是要和他說一聲。既然找到了見他的理由，安潯穿上衣服向安非借了車鑰匙便出門了。因為還不到下班巔峰時間，路上車不多，她很快就到達醫院。

很巧，她在電梯裡碰到了上次阻止她抽菸的護士。護士很熱情地打招呼：「安小姐，找沈醫生呀？」

安潯「嗯」了一聲，問：「他在嗎？」

護士用力點頭：「在，在，只是他那裡人比較多。」

護士說「比較多」還算是含蓄了，安潯出了電梯，剛轉個彎就看到走廊上站了長長兩排女孩子，個個年輕漂亮，青春洋溢。

「這是在幹什麼？」安潯皺眉。

「天寶父親不是接受採訪嗎？他透露了沈醫生的背景，結果……」

安潯了然：「她們是藉著看病的名義來看司羽是嗎？」

護士撇嘴點頭：「沈醫生一上午都冷著一張臉，大概也不太高興，帶他的主任也快要哭了。」

安潯從排隊的人龍間走過去，還沒到門口，後面立刻傳來一陣不滿的抗議：「沒看到我們都在排隊嗎？」

安潯說：「我不看病。」

「我們也不看病啊，都是來看人的。」

「請到後面排隊。」

安潯皺了皺眉頭，還沒說話便聽到有人低聲討論她是不是安潯。她們認出了她，雖然工作室的社群裡從沒上傳過她的照片，但網路上還是搜得到，畢竟她也算小有名氣的畫家。安潯不打算再讓她們盯著自己品頭論足，轉身準備敲門之際，突然從診療室裡傳出一陣嬌柔得像是能擰出水的聲音：「沈醫生，我胸口真的痛，真的不是心臟的問題嗎？」

安潯僵住，只聽裡面傳來淡淡的回答：「不是，妳的心臟沒問題。」

「小姐，妳的心臟真的沒問題。」帶司羽實習的主任語氣還算和藹，但已是無計可施。

「可是我不舒服啊。要不要照個X光片什麼的？需要脫衣服嗎，沈醫生？」

安潯放下準備敲門的手，忍住想翻白眼的衝動，他倒是豔福不淺。安潯再看向等在門口的兩排女孩子，心裡十分不痛快。

她也不管別人的眼光，原路返回。

因為社區離醫院很近，所以安潯很快就到家了。安非接過車鑰匙的時候還驚訝了一下：「這麼快？妳是開車繞我們社區一圈就回來了嗎？」

安潯看都沒看他：「嗯。」

「誰又惹妳了？瞧妳那不爽的樣子。」安非撇嘴道，「在沈司羽面前軟萌，就會跟我傲嬌。」

安潯瞪他一眼，冷冷地說：「別提他。」

安非挑眉，意外地道：「喲，跟姐夫嘔氣？他在哪裡？沒追上來哄？」說著他還趴到窗臺上向下看。

「你真無聊。」安潯覺得安非有時候真的太八卦了。

安非坐回沙發上，一副他很懂的樣子，看著她說：「怎麼，因為別的女生？」

因為成千上萬的女生，安潯在心裡回答。她換了鞋子準備回房間，手裡的電話響了起來。安非看安潯的表情就猜到是誰打來的，他故意說：「有本事妳就別接。」

安潯開門進屋之前，給安非一個「我要接不接，你管得著嗎」的表情，接著滑動手機螢幕接通電話：「喂？」

司羽那邊很吵，他低低的聲音伴隨著周圍的嘈雜聲從聽筒裡傳來，他說：『安潯，妳來找我？』

「沒啊。」

他輕笑一聲：『狡辯，我聞到妳的味道了。』

「騙人，你們醫院只有消毒藥水味。」安潯躺到床上，心想他多會說甜言蜜語啊，怪不得招女孩喜歡。

『怎麼走了？』

安潯的手指下意識地繞著自己散在床上的髮絲，一圈一圈的，噘著嘴：「說了沒去。」

『很多人看到妳了。』

「看錯了吧。」

『怎麼會？哪裡還有這麼漂亮的女孩。』

他可真會說，什麼好聽的話都說得出來。

安潯的內心早已經一波一波蕩起了漣漪，根本做不到以平常心和他聊下去。這人，平時不是少言寡語嗎？

安潯盡量讓自己的聲音顯得無所謂，說：「沈醫生你診療室門口不都是漂亮女孩嗎？」

他聲音中的笑意更濃了：「有嗎？在我眼中都是病人。」

他回答得這麼完美，她好像確實不應該和他生氣。而就在這時，聽筒裡突然傳來嬌俏的聲音：「沈醫生，輪到我了，我進去囉？」

煩死了！安潯氣呼呼地說了句「去畫畫了」，便掛斷電話。

冬日的太陽下山較早，不到五六點天就全黑了，月亮似乎也冷得不想出來，夜色中只有昏暗的路燈靜靜佇立。

大概快八點的時候，安潯畫累了，起身去喝水，突然聽到陽臺的門響了一下，以為是什麼東西倒了，她沒在意，誰知道接著又傳來輕輕的敲玻璃聲。她順著玻璃門看出去，發現司羽站在陽臺昏黃的燈光下朝她輕笑。

安潯驚訝，開了門讓他進來：「你怎麼上來的？」

司羽看著她，不甚在意地用下巴指了指陽臺旁邊的大樹：「又不是第一次為妳爬樹了。」

這棟公寓住了三戶人家，一樓是車庫，安潯家是二樓，三、四樓有兩戶，都是退休公務員。

好在是二樓，並不高。

「沈司羽，你……真行。」安潯都不知道怎麼說他才好了，現在他竟然連紳士風度都懶得維持了。

司羽走到她面前，把她額前的碎髮撥到耳後，問道：「怎麼不接電話？」

「唔……沒聽到。」安潯畫畫的時候不太喜歡被打擾，所以手機通常都會關機，這次她只是轉靜音塞到枕頭底下。

司羽也知道她的習慣，並未多說，將脫掉的外套掛到窗邊的衣架上，回身看她時，神情似笑非笑：「寶寶，妳最近越來越會吃醋了呀。」

「有嗎？」

他肯定地說：「有。」

他看了窗邊的沙發一眼，揉了揉眉心：「我坐一下好嗎？」

安潯察覺到他的疲憊，拿了椅子上的抱枕幫他擺到沙發上墊著，關切地問：「忙到現在嗎？」

他坐進沙發裡，靠在柔軟的抱枕上，慢慢吁了口氣，有些無奈：「那些……女孩子，不太好應付，趙主任都要崩潰了。」

帶他的主任是五十多歲的大叔，哪裡見過這種陣仗，也應付不來現在的女孩子，十分頭大。

安潯也很無奈。

「要是一直這樣，我還是去沈洲集團上班好了，這樣父親也不用總是和我生氣了。」他說著，對站在一邊的安潯抬起手臂，示意她，「過來，抱一下。」

安潯坐過去，摟著他的腰鑽進他懷裡，建議道：「要不然……發個聲明吧。」

安潯覺得自己挺聰明的，就這樣把之前用他名字註冊帳號的事說了出來，還顯得自己非常有先見之明。她枕在他的手臂上，將那個以他的名字命名的帳號調出來，說：「我再把密碼給你，以後要說什麼就用這個。」

「嗯。」司羽把手機接過去，按了兩下，突然伸長手臂擺出拍照的姿勢，「要不要配個圖，告訴那些女孩我已經心有所屬了？」

「不行。」安潯想也不想就拒絕，「我不喜歡被人品頭論足，會影響心情。」

於是，這天晚上八點鐘，那個大家以為從此要成為僵屍帳號的帳號突然發了一則貼文：

『有些人的行為已經影響到真正需要看病的人了，請自重。』

言簡意賅的一句話。

沒多久，貼文下方立刻多了上千則留言。

安潯嘖嘖稱奇。

司羽閉目養神，安潯靠在他懷裡滑手機，無意間翻到梅子丈夫的那篇專訪，想到之前的疑惑，問道：「司羽，你怎麼知道偷東西的是梅子的老公？」

他手指撫上她的耳垂，輕輕揉捏把玩，說：「猜的。」

安潯對這個回答不是很滿意，將手機扔到一邊，下巴抵在他胸前看著他：「猜測也要有依據。」

司羽見她好奇，便耐心解釋給她聽：「第一次丟東西後，梅子來送證件，她說她在路邊撿的。她家離妳家的別墅那麼遠，怎麼會撿到？」

安潯問：「你那時候就懷疑了？」

「沒有，當時只是覺得奇怪。還記得長生伯種的菜嗎？」

被偷得只剩一根乾癟的黃瓜，安潯當然記得。她點點頭，一臉期待他說下去的表情。

「天寶送醫那天，我們進房間找鎖，地上堆了很多菜，記得嗎？」他一點一點引導。

安潯領悟過來，問：「你怎麼確定那是我們家丟的？」

司羽眼眸微微一閃，很喜歡她用的這個詞——我們家。見他不說話，安潯著急地推了推他的手臂：「怎麼確定的？」

他收回思緒，道：「妳覺得梅子生活這麼困難，會一次買很多的菜回家嗎？還有那些菜，都是我們家丟的那幾種。」我們家——這個詞說起來感覺也不錯。

安潯不是一個容易被說服的人，但如果對方是沈司羽，那就另當別論了。她眨著眼問：

「觀察力也和智商成正比嗎？」

司羽輕笑著伸手摸了摸她的臉頰，繼續說道：「還有梅子家裡那些壞掉的鎖，各種類型都用，應該是用來練習開鎖的。不過之前只是懷疑，直到後來在醫院，梅子給我錢的時候才確定。」

安溽坐直身子，看向他的眼神多了些崇拜，說：「沈司羽，你不當醫生可以去當刑警。」

司羽挑眉看她，隨後輕輕道：「如果不當醫生，我更想當個畫家。」

「畫家？」

他坐直身子，手指勾住安溽衣領處的鈕釦，凝視著她：「這樣，我也有光明正大的理由要妳脫衣服了。」

安溽低聲輕嗔：「我才不當你的模特兒。」

他勾動手指挑開那顆鈕釦，湊過去親吻她透著粉色的臉，說著：「到時候可由不得妳。」

安溽向後退開一些，伸手扣上那顆釦子，瞥他一眼：「沈醫生，你還不是畫家。」

他輕笑著說：「我現在是醫生。」

「顯而易見。」

他將她拉近一些：「那……醫生幫妳檢查身體好不好？」

衣冠禽獸、無恥之徒，這些形容詞可能就是為沈司羽發明的！安溽在心裡罵了他幾句，轉頭見他還等著自己回答，微紅了臉伸手去捏他腰間的肉，說：「沈醫生，現在就想檢查嗎？我爸媽和安非都在家。」

他抬起手摩挲著她的脣：「所以，妳要和我預約看診時間嗎？」

安潯嘴上說著「好啊」，同時伸出手指數著：「明天要同學會，後天要和竇苗去看書畫展，還要去秋楓山寫生，去郊外看祖父母……哎呀，好忙啊。」

安潯剛說完，司羽放在外套裡的手機就響了，安潯連忙催促：「好大聲，你快接。」

這太容易引來安非了，安非正在放寒假，安教授不准他出去和那幫狐朋狗友胡鬧，他每天悶在家快無聊死了。

果然，敲門聲很快響起，安非的聲音說道：「安潯，妳換手機鈴聲了？什麼曲子？推薦來聽聽。」

安潯忙壓低聲音問司羽：「叫什麼？」

「Brave Heart 原聲帶。」司羽說著走到衣架處掏出口袋裡的手機按下接聽。

安潯把安非打發走後，回頭看向司羽，發現他眉頭緊皺，似乎接了個讓人頭痛的電話。

他掛了電話看著安潯，已不似之前調笑輕快的神色。他說：「我父親打來的電話，他說鄭希瑞在我家，要見司南。」

「她……不知道嗎？」沈家雖沒大張旗鼓地公開沈司南病逝的消息，但他們業內在董事會後，幾乎都已經知道了。

「司南不准，再加上之前父親封鎖消息……」司羽眉頭越皺越緊，覺得鄭希瑞的事有點難辦。

董事會後鄭希瑞的父親雖有些怒意，但也不敢真的與沈家撕破臉，只說鄭希瑞那邊他自己去說，看來他還沒說。

「她很喜歡司南嗎？」安潯覺得這話問得似乎有些多餘，因為鄭希瑞表現得非常明顯，但她還是想從司羽口中獲得確認。

司羽點頭，很頭痛：「司南這些年對她並不是很好，忽冷忽熱，但鄭希瑞從沒怪過他，也沒想過要離開。」

「這樣啊，可是……如果她喜歡司南，又怎麼會分不清你們呢？」安潯說完有點心驚，忍不住要去懷疑那個可能性。

鄭希瑞怎麼會分不清司羽和司南？就像安潯，她從來沒將他和司南認錯過，一眼就認出了他，即使認識很多年的人都做不到。

司羽將安潯拉進懷裡：「安潯，告訴我，妳是怎麼一眼認出我的？」

安潯覺得這並不困難，那天見到他時，他用手指勾著領帶輕輕扯了一下，那是他的習慣動作：「你迷人的小動作呀，總是喜歡用手指勾東西，我注意到好多次了。」

他倒是從沒注意過自己有什麼小動作，勾起嘴角低頭看向懷裡的人：「迷人嗎？」

安溽直接忽略他的問話，仰頭看著他繼續說：「所以……如果鄭希瑞非常喜歡司南，她應該也能輕易認出司南和司羽，不僅動作，語氣、氣質、感覺，你就是你，不會是別人。」

「嗯，她應該從一開始就知道了。」司羽看了看時間，考慮著現在是否應該回去見她。

安溽看著他，不說話。

察覺到安溽的情緒，司羽立刻意識到什麼，笑道：「妳以為別人也像妳一樣喜歡我嗎？」

「喜歡你很難嗎？」安溽反問。

陽臺外夜色深深，幾顆星若隱若現。司羽站在玻璃門前，在黑夜的襯托下，眸色也深了幾許，說：「安溽，妳再這麼說話，我今天可就走不了了。」

安溽越過他，打開陽臺的門，回身昂頭看他：「先去解決你的爛攤子好嗎？」

司羽回去的時候，鄭希瑞已經離去了，但是鄭世強卻在司羽父親書房閒談。

「誰也不忍心告訴那孩子司南的事。」沈母坐在沙發上喝茶，見到司羽回來，揮手要他過去，「鄭董事與你父親談了很久，我看他的意思是……」

「不可能。」司羽看母親的神色便知道那兩人打什麼主意，不等她說完立刻出聲拒絕。

沈母嘆了口氣：「希瑞被鄭董事保護得太好了，沒經歷過任何風雨。鄭董事不捨得女兒傷心，他說既然哥哥弟弟長得一樣，他不在乎女兒嫁的是哪一個，只要她高興。」

司羽簡直要氣笑了：「我在乎。」

沈母喝了口茶，抬頭看向司羽，慢悠悠地問道：「因為那個畫家？」

他走過去端起紫砂壺幫沈母添水：「找機會帶她過來見見你們，希望母親會喜歡她。」

說話間，就見鄭董事和沈父從樓上走下來。沈父冷著一張臉：「你還敢說，那畫在網路上傳瘋了……成何體統！你怎麼會答應畫那種畫？」

沈父應該是氣壞了，音量也不自覺地提高。

家裡收藏的畫有很多比那幅畫更甚，但如果主角是自家兒子，那就另當別論了。司羽想說那幅畫又沒露什麼，要父親不要以世俗的眼光看待，但見到鄭董在，念頭一轉，直言不諱道：「為了追到她。」

「什麼？」沈父一愣。

「為了追到安潯。」司羽笑笑，「雖然那幅畫惹了些麻煩，好在我成功了，不是嗎？」

沈母很少見司羽情緒這麼外露，想來司羽應該是真心喜歡那個女孩。她放下茶杯，也不管正在發怒的沈父，似是妥協地低嘆道：「你向來很有主見，我們也無法替你做主。」

「你到底還要叛逆到什麼時候？」沈父怒道。

「在爸爸您眼中，選擇自己的愛人就是叛逆嗎？」司羽不卑不亢地問道。

「在我眼中，不知道孰輕孰重，迷失在男歡女愛裡就是叛逆。」沈父伸手拍著牆上掛的油畫，「那個小畫家哪裡好，值得你如此，我不贊同你繼續與她來往。」

司羽沉了眸子，像是強忍著怒意：「難道您希望我像您一樣，娶一個自己並不喜歡的女人，完成生兒育女的任務後與她相敬如賓地過一輩子嗎？」

「司羽！」怒斥他的是沈母。

司羽頓了一下，立刻低下頭：「對不起，媽媽，是我……口無遮攔。」

沈父氣到臉色鐵青，沈母什麼話也沒說，起身走上樓。

「鄭董，讓你見笑了。」沈父沒忘記身旁還站著鄭世強，扯出一絲笑，「司羽和希瑞的婚事還有轉圜的餘地，我再好好教育一下這個臭小子。」

「好，沈總，我們兩家聯姻，百利而無一害，而且司南應該更希望司羽來照顧希瑞，你們再商量一下吧。」

鄭世強說完，看了司羽一眼，拍了拍他的肩膀便離開了。

傭人送鄭世強出去。門剛一關上，司羽立刻說：「我不會同意，也別把司南搬出來，他從不會強迫我做任何事。」

司羽再次和安潯聯絡已是第二天黃昏。她倒是比他還沉得住氣，也不知道在忙什麼，一直沒動靜。

司羽和父親發生衝突後，突然做了個決定。他問安潯：『除夕去哪裡過？』

「城郊祖父家。你呢？」安潯問他。

『我要回英國，沈家的人都要回去。』

「那你什麼時候回來？」安潯脫口而出，她已經不習慣他去遠方了。

『很快。』

安潯想問他很快是多快，又怕他急著回來惹家裡不高興，所以只說了句「好」。

『也可以慢點，不過……』他似乎還想說什麼，但安非遠遠地喊了安潯一聲，要她快點，她應著。

司羽沒繼續說下去，轉而問道：『去哪裡？』

「高中同學會，每年都要聚一次。」安潯想起來就有點頭痛，「前幾年在國外沒去就已經被說耍大牌了，這次在國內，安非硬要拉著我去。」

『安非和妳是高中同學？』司羽有點羨慕。

「從十幾歲到上大學以前我們一直同班。」

『他真是……』暴殄天物？司羽想，若是自己能這麼早認識安潯，早就娶回家了吧，好在安非又傻又笨，眼光也不好。

見安潯還慢吞吞講著電話，安非等不及了，跑過來扯著安潯向門外走，抱怨道，「誰的電話妳捨不得掛？」說完他就反應過來，除了沈司羽還會是誰？他壞笑一聲，朝著安潯放在耳邊的電話大聲說，「姐夫，今天同學會會來很多追過我姐的男同學，最長的追了她六年呢！」

安潯立刻踢向安非。

聽到這話，電話那邊的司羽眉頭蹙起，六年？似乎……不太舒服。

他忘了別人可不像安非這樣又傻又笨，眼光也不好。

安潯解釋說：「都是小時候鬧著玩的。」

『那妳有沒有被人追到過？』話一出口，司羽就有點鄙視自己，翻舊帳嗎？

安溽沉吟了一下，說道：「是有過一次。」

然後是沉默，兩人都沉默了。

還是司羽沉不住氣先開口：『是嗎？』

「嗯。」

『誰？』

「沈司羽啊。」安溽的語氣有點小得意。

司羽低沉的笑聲從聽筒裡傳來：『安溽妳真無聊。』

一旁的安非嘟囔了句：「安溽妳真幼稚。」

司羽又問了同學會的地點，說結束後去找她。

天漸漸黑了，剛下過雨，路非常滑，安溽坐在車上看著又滑又塞的路，傳訊息給沈司羽：『安非開車，我和他一起去一起回，你不用來接了，放心。』

司羽很快回：『睡前想見見你。』

聚會地點定在一個略有名氣的飯館，包廂也夠大，同學來了近二十人。安非和安溽進去之前，眾人的焦點都在又高又帥的林特身上，而他正是安非嘴裡那個追了安溽六年的人。

林特早知道安潯今天會來，也做好了心理準備，但當他看到安非帶著安潯推門進來的時候，還是有些失態，一時間忘了回答旁邊女生的問話。

安潯穿著一件駝色大衣，頭髮比以前長了很多，看到大家也只是淺淺地笑笑，一如當年，對什麼都是如此態度。

她褪去了青澀，多了些韻味，依舊美得讓人心動。

「多少年了，你怎麼看到她還是移不開視線？」旁邊的汪琪不滿地拉了拉林特，「接著說啊！」安非和安潯進來之前，幾個女生正圍著林特問沈司羽的事。

「我和他真的不熟。」林特在沈洲地產做設計總監，司羽在沈洲上班的時候他見過幾次。提起他，林特有點佩服，「說實話，沈司羽話不多，但是挺有手段。」

「他有沒有女朋友？是不是超級帥？他的腿有多長？」汪琪不準備和別人敘舊了，一直纏著林特說沈司羽的事，其他女生也都十分好奇，個個豎起耳朵聽著。

林特無奈，她們這些問題他不知道如何作答，眼角餘光瞥見安潯和安非落坐，心緒突然一動，說：「妳們似乎問錯人了，難道大家忘了，安潯和沈司羽應該更熟嗎？」

是啊，安潯那幅名揚四海的〈絲雨〉，主角就是沈司羽。

汪琪猶豫了一下，開口問道：「安潯，妳和沈司羽很熟嗎？」

安潯點頭：「應該算熟。」

安非笑，應該？矯情。

女同學湊過去問安潯：「那幅畫，就那幅〈絲雨〉，天哪！妳是怎麼讓他答應做妳的模特兒的？」想想就臉紅，簡直不能更誘人。

因為女同學的表情實在可愛，安潯被逗笑：「那天……畫什麼都沒靈感，就去找他了。」

「他就答應了？」

安潯點頭：「答應了，不過我當時沒告訴他要脫衣服。」

包括安非在內，每個人都很訝異。有人驚訝安潯的大膽，有人笑說安潯學壞了，接著又有人問：「後來呢後來呢？」

「後來，妳們都見到啦。」安潯笑得像個得逞的小狐狸，「就有了〈絲雨〉那幅畫。」

「全裸嗎？」汪琪忍不住問了一句。

包廂裡突然鴉雀無聲。

安潯朝她笑笑，沒承認也沒否認。

「妳那幅畫畫了多久？」安非也加入「質問」。

安潯以為他怕眾人糾纏上一個問題，故意岔開，替自己解圍，便立刻回道：「兩天。」

「所以妳對著沈司羽的裸體兩天？」安非驚訝地摀住嘴，誇張的演技氣得安潯在桌下捏他手臂。

林特看著安潯，神色複雜難辨。有男同學和林特關係好，見他如此，想著再幫他製造一下機會，便問道：「安潯妳還需要模特兒嗎？我們林特也不錯啊。」

安潯看向林特，這似乎是今晚她第一次看他。當年那些男生一個一個來追，又一個一個放棄，只有林特，著魔一般，堅持到她出國，堅持到不得不放下。

他以為他放下了。

林特有一瞬間緊張得呼吸都停止了，他沒想到多年過去，再見到安潯還是會心動，還是會抱有幻想，覺得如今也算功成名就的自己，是否多了一絲希望？

只見安潯輕輕搖了搖頭：「畫完沈司羽後，畫誰都沒感覺了。」

沒想到她還是這麼狠，一如當年拒絕他，不留絲毫情面。林特忙假裝不甚在意地笑著說：「如果要我脫光，我還是會有心理障礙。」

他為自己找了個臺階下，大家也都很給面子地調笑過去。

服務生敲門送菜進來，包廂的氣氛又再次熱絡起來。因為正值大四畢業潮，不免多聊了幾句找工作的事，話題自然而然又落到了林特身上。他大二就獲得設計大獎，還沒畢業就被沈洲集團挖走，破格提拔，如今已是設計總監，堪稱是人生勝利組。在場眾人不免羨慕一番，他們的工作還沒頭緒，他卻已經稱霸職場。

「我們班出了林特和安潯兩個天才，班導可高興了。上次我回去看她，她還在辦公室稱讚你們兩個呢。」班長小胖端著酒站起來，「一個畫畫，一個設計，才貌雙全，你們兩個真是天生絕配，我敬兩位天才。」

林特聽了高興，笑著端起酒，乾了大半杯。

安潯不想喝，扯了扯安非的衣角要他幫自己擋酒。可安非被安潯欺負太多次，關鍵時刻手臂往外彎，咧嘴笑著：「爸媽說了，要我們好好玩，喝點酒沒關係。」

聽安非這麼一說，其他人全都跟著起鬨，不許她掃興。安潯拿起酒杯喝了一口，辣得眼淚都快流出來了。

安非在一旁笑，湊在安潯旁邊小聲問：「安潯，妳喝多了會不會發酒瘋？最好也吐在爸的翡翠白菜上。」

安潯咬牙切齒：「你等著。」

安潯話音未落，一旁又站起來一位：「安潯，妳可是我認識的第一個名人，說什麼我也要和妳喝一點。」

安潯端起酒杯又喝了一口。

後來又有人說安潯之前都沒來參加同學會，一年要罰一杯，就這樣一杯又一杯，到了聚會結束的時候，安潯已經喝得臉頰泛紅、眼神迷離了……

安潯變得非常安靜，挽著安非的手臂，跟在他旁邊走著，低著頭，走得認真又仔細，似乎所有注意力都放在腳上。安非故意不走直線，她也亦步亦趨地跟著，乖得不行。安非見她如此乖巧，心裡相當得意。

眾人陸續走出飯館。林特站在門口等著落在最後的安非和安潯，待他們走近，問安非：「安潯喝多了？」

安非點頭，笑道：「她好像知道自己喝多了，所以才不說話，做什麼都全神貫注，太有趣了。」

「她可能怕自己失態。」林特也覺得這樣的安潯挺可愛，忍不住誇讚，「自制力真好。」

說著三人一起走出大門。

外面的冷空氣撲面而來，安潯朝安非縮了縮。林特注意到，將脖子上的圍巾拿下來替安潯圍上。安潯慢半拍地意識到後，抬頭朝他甜甜一笑。

林特感覺似乎有電流竄過全身，半天動彈不得，安潯何曾這麼朝自己笑過！有人看到林特那副模樣，大聲調侃道：「林特，我看你這輩子就栽在安潯手裡了。」

林特被他們說得有點不好意思，假意怒道：「說什麼呢，我是看安潯喝多了，關心一下。」

其他人還想跟著起鬨，突然聽到旁邊一個女生驚呼：「那不是沈司羽嗎？」

眾人隨著她指的方向看去，就見馬路對面的便利店走出一個人，清俊高䠷的男人，黑底白描的棒球外套，黑色長褲，休閒又時尚的打扮。他手裡拿著一瓶水走到一輛轎車旁，開了車門將水扔進車裡，隨即關門轉頭看向飯館。

汪琪猛地抓住身旁的人：「我的天！真的是他！」

司羽一眼就看到了安潯。他將菸按熄扔進一旁的垃圾桶，走了過來。

別人以為他要進飯館，沒想到他卻直直走到安非面前。安潯並未察覺他靠近，頭抵在安非肩膀上一動不動。

司羽皺眉問安非：「怎麼了？」

「喝得有點多。」安非動了動肩膀，似乎想讓安潯清醒一下。

聽到這話，司羽抬眼看一下安非。安非有點心虛，輕咳著轉頭看風景。司羽沒細問，伸手將安潯攬進懷裡，問：「還能走嗎？」

他這句話其實是問安非，以為安潯沒辦法回答，但安潯聽到他的聲音，瞇著眼睛抬頭，一臉認真的表情：「可以。」

「可以，姐夫。」安非也肯定地回答。

安潯說完才發現安非變成了司羽，眨了眨眼睛：「沈司羽……」

「還認得人啊？沒失神？」司羽輕笑。

安潯確定是司羽後，伸手抱住他的腰將臉埋進他的胸膛，十分委屈地說：「司羽，我好像喝多了。他們一直要我喝，那酒特別烈。安非也不幫我，他想讓我吐在爸的翡翠白菜上，他想讓我爸罵我……」

讓安潯從一句話不說到變成話匣子，只需要一個沈司羽。

司羽伸手環住她，摸了摸她的頭髮，再次瞥向安非。安非不敢與他對視，眼神飄忽地悄悄挪動腳步，藏到一旁的林特身後。

司羽的目光隨著安非轉移到林特身上。林特見司羽看著自己，微微躬身：「沈總。」

司羽認出了他，輕點下頭，隨即視線又回到安潯身上，問：「走嗎？」

安潯點頭，鬆開他就往前走，一步一步走得倒是挺直的。司羽忍不住笑起來，這人喝醉了怎麼這樣？

他對安非和林特點頭示意，轉身跟上安潯，牽住她的手帶著她過了馬路，扶著她坐進副駕駛座，還仔細幫她扣好安全帶。安潯全程都十分聽話地任他擺布。

司羽坐進車裡，發動車子，調頭過來停到他們旁邊，降下車窗對安非擺擺手：「安非，過來。」

安非有點不想過去，他挺怕司羽的，尤其是他縱容別人灌了安潯那麼多酒之後更怕，但又不敢不過去。安非拖拖拉拉地走到車邊，做好了被教訓的準備，誰知司羽突然塞給他一條圍巾，還不等他反應過來，車已揚長而去。

安非拿著圍巾又回到飯館門口，將圍巾遞給林特，說：「沈司羽沒扔進垃圾桶裡應該算是給面子了。」

林特接過去，神色複雜：「安潯和沈司羽……」

班長小胖拍了拍林特，安慰道：「沒聽安非都叫姐夫了嗎？天涯何處無芳草！」

安潯坐在車子裡一直瞪大眼睛看著前方，不睡覺也不說話。車裡很快就盈滿安潯呼出的酒氣，還有她身上的香氣，混合在一起竟然出奇的……好聞。

司羽問她：「想睡嗎？想睡就睡一下。」

安潯搖搖頭，過了很久才慢悠悠地說：「不想睡。」

「喝點水。」司羽將手邊的水遞給她，聲音裡滿是笑意，「安潯我現在很想咬妳一口。」

安潯咕嚕咕嚕喝了很多水後才轉頭看他：「為什麼？」

「因為很可愛。」

她似懂非懂，好半晌才恍然大悟地說：「怪不得你總是咬我。」

司羽又笑，喝醉的安潯純真和性感並存，上次在畫室也是這般——勾人。

他心裡盤算著，以後可以多給她喝點酒。

因為保全認識司羽，他的車一來到社區門口，保全就升起了柵欄讓他進去，還熱情地揮著手：「不用登記啦，只要不過夜就行。」

司羽將車子停到那棵他曾經爬過的樹下。安潯沒有立刻下車，看了看後座，問：「呀？安非呢？我爸說了，過年前這幾天不許晚歸。」

提到過年，司羽才想起今天要和她商量的事：「安潯。」

安潯發現車裡確實沒有安非才停止尋找，半晌，像是想起什麼似的轉頭看向司羽：「嗯？」

司羽無奈地笑著，反應怎麼會慢成這樣。

「過年和我一起去英國好嗎？」他邊說邊細細地看著她，期待醉酒後的安潯比較好哄一些。

安潯慢半拍地反應過來，慢半拍地認真思考了一下，說：「可是我要去爺爺奶奶家過年，我們有一年沒見了。」

「怎麼這麼久沒見？」司羽確實沒怎麼聽她提起過兩位老人家。

「因為他們之前去環遊世界，這幾天剛從澳洲大堡礁看完珊瑚回來，過完年還要去紐西蘭馬塔馬塔鎮遊覽《魔戒》拍攝地。」安潯說，「他們是世界上最幸福的老先生和老太太。」

來之前準備好哄她的話都派不上用場了，司羽放棄勸說，摸了摸她的頭髮：「是挺幸福的。」

安潯看著他，突然說：「其實挺想讓他們見見你的，也想和你一起過年。」

清醒的安潯不會提這樣的要求，喝醉的她毫不遮掩地說出內心最真實的想法。司羽不想讓她失望，稍一沉吟，說：「也好，不過，過完年後待兩天，妳要跟我去英國。」

安潯沒想到司羽會這麼痛快答應，她也痛快點頭：「可以啊。」

「同意了？」司羽愣住，還以為她會想幾天呢。

「同意。」安潯繼續點頭。

司羽伸手揉她的頭髮，希望她明天酒醒後別不認帳就好了。

安潯似乎被摸得很舒服，像小貓一樣瞇起眼睛，將臉頰埋進他手心慢慢摩娑著。細膩又熱燙的臉頰摩娑在他掌心，他有點受不了，被勾得心癢難耐，手從撫摸改為固定住她的臉，同時另一隻手「啪嗒」一聲解開自己的安全帶，反身將她壓到座椅上，拇指揉搓著她的唇瓣：「寶寶……」

「嗯？」

「很想把妳拐走。」

她輕勾嘴角朝他笑著：「好啊，司羽，把我拐去哪裡都可以。」

因為酒精的緣故，安潯的眼神迷離又嫵媚，柔柔似一汪水。司羽低頭深吻上她，從輕柔摩挲唇瓣到撬開牙齒攪動香軟舌尖。她乖乖地配合，還會慢慢回應……她舌尖上的酒香刺激著他所有的感官，他酒量一向很好，奈何安潯這樽美酒，太濃，讓他不知不覺就醉了。

安非回來得早，開車入庫的時候，從司羽和安潯的面前駛過。車庫的燈光太亮，兩人被迫分開。安非停好車沒直接上樓，而是從車庫大門走出來，笑嘻嘻地看著司羽車子的方向，朝車裡的兩人揮手：「我以為你們今天不回來呢。」

司羽看了看時間，八點，思考著先帶她走再送回來的可能性。

安潯降下車窗歪頭看著安非：「我也以為你今天不回來呢。」

安非壞笑著，朝司羽眨眨眼睛，表達著只有他們男人才懂的意思，說：「我上樓了，你們繼續。不回家的話傳個訊息給我，我幫妳掩護。」

「回啊。」安潯聽他這麼一說，連忙開門下去，幾步走到安非身邊，後又想起司羽，轉身走了回來。

司羽靠在開著的車門後，瞥她：「還知道回來？」

安潯拉拉他的手：「我回家睡覺了，我的頭好暈。」

他拿她沒辦法，伸手將她的髮絲撥到耳後：「明天打電話給我，別忘了妳答應我的事。」

「要把我拐走的事嗎？」她問。

「是。」

安潯「哦」了一聲：「記住了。」

司羽心下感嘆，喝醉的安潯真乖啊。

第二天醒來，安潯回憶起昨晚，先是跟安教授告了安非的狀，然後又傳訊息給司羽：『我醒了，我記得。』

惹得司羽回傳一個大笑的貼圖。難得他會用貼圖，還是如此親民的圖案。

又過了幾天，竇苗瘋狂打電話來催安潯，說畫已經賣完了，最近經常有一些土豪來買畫，即使那些人可能根本不懂畫，但他們就喜歡以此來彰顯自己的藝術修養。

安潯不勝其擾，翻了翻城市宣傳片，選定了秋楓山作為寫生地點，說走就走。

天氣預報說春江有小雪，早上安潯出門時天空還很晴朗。

秋楓山在春江近郊，經常有人去爬山，初春踏青，深秋賞葉。不過這個季節倒是沒有很多人，偶有開車去看日出的人，也早早就下山了。山上有幾戶農家，門前有良田，院裡有雞鴨，看起來日子過得也是逍遙自在。

安潯很嚮往這次寫生的地方。安非不太情願地把車子借給她，抱怨她故意把自己的車子扔在汀南不開回來，一定是和安教授串通好的，要用這種方式阻止他出去玩。

安媽媽拿了一條厚毛毯放到車裡，叮囑安潯：「畫畫的時候蓋在腿上，別凍壞了。」

「謝謝媽。」安潯發動車子，一直開到社區門口，都還能從後照鏡看到家裡那三人朝自己揮手。

安媽媽喊著：「早去早回，晚上等妳吃飯。」

自從發了那則貼文後，司羽便清靜了不少，診療室門口再也沒有像菜市場一般嘰嘰喳喳亂成一團。他早上打電話給安潯，她正在去寫生的路上，他提醒她天氣冷，在外面多穿些衣服，她說這話他爸媽已經念了一個早上了，嫌他囉唆。

他無奈地輕笑，也覺得自己好像對她保護過度，便收起了接下來的囑咐。

這天下午主任有一臺手術，他跟著觀摩，結束時已是下班時間。他本想換了衣服去找安潯，辦公室裡卻來了不速之客。

「鄭小姐。」司羽、司南和鄭希瑞三人曾經是同學，司羽以前都是直接叫她名字，也不知道從什麼時候起改口叫鄭小姐，生疏又極有距離。

鄭希瑞站在辦公室門口，靜靜地看著他，須臾，才慢慢開口：「司羽啊……為什麼不騙騙我呢？」

司羽拿起外套穿上，走到她面前不遠處站定，有些抱歉地說：「對不起，之前不得已，沒有和妳明說。」

鄭希瑞搖頭，她的神情有著說不出的淒婉悲涼，狀態非常不好。似是下定了什麼決心，她向前一步，伸手拉著司羽的袖子，語氣滿是懇求：「不用對不起，不用覺得抱歉，我……有個不情之請，你……你可不可以繼續……」

「不可以。」司羽將衣袖從她手中抽出，向門外走去，「鄭小姐，妳這不是不情之請，而是強人所難。」

所以司羽才說安潯的擔心根本是多餘，鄭希瑞一直知道他是司羽卻還不說破，不是因為她喜歡沈司羽，而是因為她太愛沈司南，才會假裝沈司南還在。

「對不起。」鄭希瑞抬腳跟上，慌忙說道，「我知道很過分，可是……我真的不能失去司南。」

司羽邊走邊將衣服的拉鍊拉上。電梯正好停在這一層，他走進去，也沒看她，只是平靜地說：「司南已經不在了，妳要接受這個事實。」

許多個夜晚他睜眼到天明，也是不停地這麼對自己說，一遍一遍告訴自己，一遍一遍往心裡捅著「刀」。

鄭希瑞扶著電梯內的把手，好半晌，才顫抖著聲音說：「你怎麼能這麼說？」

司羽側頭看她，見她神情淒然，臉色蒼白，稍稍緩和了語氣：「我不是沈司南，我叫沈司羽，我們不一樣。鄭希瑞，妳……好好生活下去。」

電梯停在地下一樓，他拿出車鑰匙走了出去。鄭希瑞像是沒聽到一樣，依舊亦步亦趨地跟著他，堅定地說：「你和他一模一樣。」

司羽見她如此執迷不悟，有些頭痛，卻不打算繼續與她在這個問題上糾纏。他打開車門，看她還站在電梯口，一副泫然欲泣的模樣，問道：「妳沒開車？」

她搖頭。

「上車。」司羽覺得有必要和她好好談談。

鄭希瑞踩著高跟鞋「喀啦喀啦」地走到他車邊，沒有立刻上車，而是小心翼翼地問：「你改變主意了嗎？」

「永遠不會。」司羽肯定地說。

車子從地下停車場開出去後，司羽才注意到外面的大雪。天空昏沉沉的，大雪紛紛揚揚地下著，地上已經積了厚厚一層，看樣子完全沒有要停止的跡象。

「什麼時候開始下雪的？」他突然問。

鄭希瑞看著窗外，下意識地回答：「下午。本來是小雪，後來越下越大。」

雪天的能見度非常低，放眼望去整個世界都是白茫茫一片，私家車不多，公車行得緩慢。司羽將車停在醫院院牆旁邊，翻出手機打給安潯。

手機裡傳來『您所撥打的電話沒有回應』——最不想聽到的聲音。

司羽又打了安非的手機，第一遍沒人接，緊接著又打一遍，這次倒是接了，不過那邊風聲非常大，還有嘈雜的人聲。

司羽心下一緊，浮現很不好的預感，忙問：「安非，你姐呢？」

「喂？姐夫，我在秋楓山下，有個基地臺倒了，擋住了路過不去，安潯在山上還沒下來。」外面的風雪非常大，安非說話幾乎是用喊的。

「我馬上過去。」司羽說完發動車子，調轉了車頭。行駛了一段路才想起鄭希瑞，他說，「妳從前面……」

他還沒說完，鄭希瑞突然開口打斷：「我不下車，這種天氣根本叫不到車。」

司羽臉色冷硬，面對她最後的那點耐心也沒了：「我要上山，妳也要跟著？」

「你上山幹什麼？多危險。」鄭希瑞說完便猜到了，「找安潯？」她記得安非這個名字，上次司羽找不到安潯也是打他的電話。

「對。」

不意外他的回答，鄭希瑞再次看向窗外，看著一閃而逝的霓虹燈，好半天才又開口輕聲問道：「司南說你總是搶他喜歡的東西。」

司羽挑眉：「妳是什麼意思？」

「司南……喜歡安潯嗎？」

他有些詫異，又有些不耐煩：「妳這種想法哪裡來的？」

「所以你不是因為司南喜歡安潯才和她在一起的？」鄭希瑞似乎極其在意這件事。

「司南喜不喜歡我不知道，我是很喜歡。」司羽說完，心軟地加了句，「妳應該要有信心，司南是喜歡妳的。」

「不，沒有了，他總是突然失蹤，我的信心早就消磨殆盡了。」鄭希瑞在車窗上哈了口氣，用手指寫下司南的名字，半晌，喃喃道，「我應該是生病了，我怎麼能懷疑司南呢……」

司羽雖然很想和鄭希瑞談談，但顯然此刻不是好時機。他心繫安潯，想要加快車速，可天氣根本不允許，即使天還沒全黑，路上去近郊的車也不多，但風雪太大。

路，像是沒有盡頭，一直向前延伸……

那座山，明明雄壯矗立在天地之間，怎麼就突然看不到了？

司羽說不出的焦躁，只知道朝那個方向行駛。也不知道開了多久，終於看到「秋楓山」的路標，感覺像是過了一年之久。

秋楓山下堵了很多車子，路上有棵大樹倒了，只有一個車道可以通行，司羽跟在救災的吊車後面過去。因為回程的車子排成了長龍，占據了去程的車道，吊車越過大樹後就無論如何都過不去了，司羽的車子貼著馬路護欄擠過去。鄭希瑞看得心驚膽顫，大聲提醒：「你的車子快被刮爛了。」

司羽卻全然不在意，直到看見那個倒下的基地臺才停車。

上山的路完全被封死，山下有救災車閃著燈，旁邊還停了一輛黑色的商務車。司羽抵達的時候，安教授和安非就站在車子不遠處焦急地和救災人員溝通。

司羽停好車子大步走過去。安非見到他，訝異道：「姐夫，你怎麼過來的？不是說那邊堵死了嗎？」

「擠過來的。」司羽見安教授看向自己，微微躬身禮貌地說，「叔叔您好，我是沈司羽。」

安教授點點頭，說了句「你好」，隨即不動聲色地打量了他一番：十分陽光帥氣的男生，舉止得體，進退有度，心下想著安潯會喜歡他也不奇怪。

雖說這是兩人第一次見面，但這種情況也可省下不少寒暄。

基地臺整個橫到路上，馬路被攔腰截斷，一邊是峭壁，一邊是山坡上隨著基地臺滑下的亂石，上山是不可能了。

司羽走近才發現基地臺下還有一輛後半部被壓扁的車子，安非說司機是個年輕男人，傷勢不重，已經送醫院了。司羽問救災人員什麼時候能把道路清理出來，救災人員說吊車被堵在大樹那裡過不來，即使進來了，清理碎石、再扶起鐵塔，怎麼樣都要等到後半夜了。

安教授緊張著急地蹙眉踱步，儒雅學者在這種情況下也難免失了原有的風度。安非嘟嘟囔囔地一直要救災人員催吊車，又打電話給交通局要交警來處理。

「吊車現在在清理那棵大樹，等路通了才能過來。」救災人員掛了電話，過來安慰這邊的三個男人。

安非忙說：「那你快去幫忙啊，別在這裡站著。」

司羽看著秋楓山的方向，突然沉聲道：「最快也要到後半夜是嗎？」

安教授看著這個年輕人，他不像安非一樣急躁不安，來了之後幾乎沒說幾句話，只沉著一雙眸子讓人猜不透他在想什麼。

司羽突然看向安教授，聲音低沉堅定：「叔叔，我去找安潯。」

安教授一愣，還沒說話，便見他抬腳走向基地臺的方向。

安非也愣住：「他要幹什麼？他要從山石上爬過去嗎？」兩人反應過來後趕緊去阻攔他。

安非急道：「姐夫，這樣太危險了。」

安教授語氣焦急：「沈先生，你不能這樣做。」

一直坐在車上的鄭希瑞似乎也察覺到他的意圖，從車裡跑過來，擔心道：「你幹什麼？不要命了嗎？」

司羽沒理會鄭希瑞，拉開安非攔著自己的手：「安非，我得去找她。」

「山這麼大，雪這麼大，你沒有車子怎麼找？」安教授十分不贊同，這麼上山，很容易出事。

「我知道她在哪裡。」司羽知道去哪裡找她，她說過她喜歡那幾戶農家。

「姐夫，你……」安非還想再勸，卻被司羽打斷。

他說：「安非，你姐姐膽子小，她一個人在山上會害怕。」

安教授覺得自己活了大半輩子，早看淡了許多事，沒想到現在卻被這個年輕人的一句話感動到眼睛發酸。

司羽做的決定通常很難改變。他走到基地臺倒下的地方，撐著最下面的大石頭，俐落地爬上去，然後繼續向上。

救災人員注意到這邊的情況，衝過來阻攔卻為時已晚。幾個人在下面喊道：「那位先生，你這樣十分危險。那些石頭不穩，而且很可能還會有落石。請你下來。」

司羽像沒聽到似的，越爬越高，直到越過基地臺，眾人再也看不到他。

安潯的車子停在離農家不遠處的一個草棚下，這裡看起來是山上的人夏天納涼的地方。外面的雪沒完沒了地下著，完全沒有要停的意思，而且天色越來越黑，她蓋著毯子坐在車裡，聽著四周的動靜。

她不敢開燈，也不敢開手機，總覺得要是外面有野獸或者壞人，會順著亮光一眼就看到車子裡的她。

雪越下越大的時候她本來準備要下山，可是她才走到山下路口處，就眼睜睜看著那座基地臺倒下來。山石滾落，整條路都被堵住，也不知道前面的車子有沒有被掩埋。害怕山體繼續落石，她不敢再待在那裡，於是調轉車頭開到山上，又回到這裡。

從下午到夜晚，只有白茫茫的雪和呼嘯的風。每次風從林間刮來，風鳴刺耳，她都會忍不住怕得發抖。

安潯把臉埋在毯子裡，堵住耳朵，怕風的聲音再傳來。時間慢得彷彿靜止了一般，恐怖的感覺也彷彿沒有盡頭。不知何時，恍惚間她聽到有人叫自己的名字，那聲音既熟悉又遙遠，似乎下一秒就要隨風飄走，然後又是一聲，伴隨著敲玻璃的聲音，「咚咚」兩下，就像那晚司羽敲響陽臺玻璃門一樣。

安潯猛然抬頭，在雪光的反射下，看到車頭擋風玻璃外，有一個人站在那裡。雖然他的頭髮被雪染成全白，但還是熟悉的身形，熟悉的笑容。

安潯一再確認不是夢，不是幻覺，外面的人是他，真的是他，一瞬間，所有的情緒湧了上來。她摀住嘴：「我的天！老天！司羽，怎麼會……」

司羽張嘴說了什麼，安潯卻一個字也沒聽見。她慌亂地摸著車門鎖，打開車門。因為著急，跳下車時她差點摔倒，好在有一雙有力的手撐住她的手臂。

安潯抬頭，看清了他的臉——除了頭髮，他的眉毛睫毛也都白了，臉頰有些不正常的紅暈。

他對她笑著，即使在風雪呼號中，他的聲音依舊是那麼溫柔溫暖：「不抱抱我嗎？」

安潯伸手摟住他的脖子，臉頰貼在他冰涼的衣領上，其餘的話全都說不出來，只一遍一遍叫他的名字。安潯本來覺得自己滿堅強的，但見到他的這一刻，眼淚不受控制地流了出來，噩夢結束了。

安潯意識到自己弄溼了他的襯衫領子，趕緊用手偷偷擦了下。她不擅長在別人面前示弱，即使面對司羽也不例外。於是，她側過臉在他衣服上摩了摩，低聲說：「我沒哭，這是雪。」

司羽抱緊她，笑著說：「好，妳怎麼說都行。」

從山下到這裡，一路上，司羽腦子裡不受控制地想著各種可能，想著她害怕哭泣，想著她被山石砸到，想著她挨餓受凍，想著這麼晚了她萬一遇到壞人，想著路這麼滑萬一車子衝下峭壁……總之，他越想越是心驚，所以當看到她的車子好端端停在草棚下，他幾乎是飛奔過來，用盡最後的力氣。

車裡的人抱著毯子藏著腦袋，似乎還捣著耳朵……好在，她還是那個完好無缺的她！

安潯原本不敢去農家借住，但是現在司羽來了。

他們找了最近的一戶農家，主人是一對夫婦，看起來五十多歲。兩人過去敲門時他們已經睡了。對於打擾到他們休息，司羽和安潯感到十分抱歉。

老夫婦倒是很熱情，俐落地幫兩人整理出西側的房間，那是他們在市區工作的兒子的房間。因為大雪，山上的電從下午就斷了，老夫婦找了一根蠟燭點上，又生了爐子，叮囑兩人幾句便回房間了。

剛燒起來的爐子除了有點嗆人，並不溫暖。安潯摸著司羽的頭髮，把上面的雪清掉，髮絲溼溼地貼在他的額頭上，顯得很乖巧稚嫩。

安潯伸手拉開他羽絨衣的拉鍊，鑽進他懷裡，手臂抱住他的腰，難得撒嬌道：「司羽，我已經離不開你了。」

司羽雙手摟住她，吻她的髮：「那我就放心了。」

她感覺他全身冰涼，搓著他的手，問：「你走了多久？」

「一個多小時吧，感覺要凍僵了。」他鬆開抱著她的手臂，將羽絨衣脫下來。鞋子裡也進了雪，腳冰透了，全身也跟著發冷。

安潯又湊過去要抱抱，特別黏他。司羽無奈地看著往懷裡鑽的人：「我身上涼，會冷到妳。」

「我幫你暖暖身。」她摟住他的腰，在他懷裡蹭啊蹭的，覺得他像個冰塊，嘆了口氣說道，「沈司羽你真是讓人擔心。」

反倒是自己不對了？司羽失笑，拍拍她的後背，說：「妳這樣抱著到什麼時候才能暖和？去被窩裡躺著，乖。」

小爐子裡的火漸漸旺了，昏暗的小房間內漸漸變得溫暖。安潯將老夫婦拿來的兩條新棉被，一條鋪在床上，又把從車裡帶來的毯子鋪到棉被上充當床單。

蠟燭的光忽明忽暗，安潯的影子印在背後的牆上，影影綽綽。司羽站在一旁看著，竟生出已與她度過一生一世的錯覺。

「安潯，以後別離我太遠。」他突然說，聲音在小房間裡清晰入耳。

安潯將枕巾蓋到枕頭上，轉頭看他，柔柔一笑：「過段時間我就要回學校了，難道要把你放在口袋裡帶走？」

「可以。」他很認真地回答。

外面的雪還在下，風倒是沒那麼大了，漸漸讓人放下心來。

兩人脫了外衣鑽進被窩。司羽身上不再冰冷，卻也不熱，安潯一直黏著他：「沈司羽，你為什麼還不變暖呢？」

她有點著急，怕他凍壞了，又往他懷裡鑽了鑽，說話時熱氣噴在他的脖頸處，癢得司羽將她抱緊了些。他聲音沙啞地說：「抱一下子就好了。」

安潯摩挲著他的背，碎碎念著：「我大不了在車子裡坐一晚，你這麼跑上來萬一找不到我呢？還穿得這麼少，鞋子也不溫暖，也不戴帽子，耳朵凍壞了……」

她喋喋不休的嘴被司羽吻住，安潯立刻收聲。他帶著笑意抬起頭看她：「安潯，妳怎麼變得這麼嘮叨？」

安潯閉緊了嘴不再說話，司羽見她神情可愛，輕笑著低頭再次吻了上去。安潯也不知道怎麼想的，吻著吻著手就下意識地鑽進他的毛衣裡。於是，互相取暖的兩人，開始有些不一樣了。

他的呼吸越來越重，人也慢慢壓了上來。沒過多久，安潯就覺得手下的肌膚變得溫暖，然後慢慢變得熱燙……

他終於暖了起來，似乎更甚，像是要燙到她似的。

不遠處陳舊的矮櫃上，蠟燭撲簌簌晃了兩下，火苗小了很多，屋內也變得更加昏暗。安潯覺得熱，心想剛才不該讓老夫婦點起爐子，爐子裡的火燒得太旺，熱得人喘不過氣。

司羽俯視她，額頭有細密的汗，清俊的臉龐上少了些平時的冷靜自持，多了絲隱忍。他嗓音喑啞低沉：「可以嗎，安潯？」

安潯伸手抱住他，將他壓向自己，輕道：「可以，司羽。」

然後，他又附在她耳邊：「對不起，沒有準備。」

外面的雪沒完沒了地下著，棉被被踢到腳下，安潯也不冷了，只覺得自己一下子在水裡遊蕩，一下子在火裡焦灼，從不適到沉淪，最後精疲力竭。

毯子不能再用了，好在是自己帶來的，不然明天見到老夫婦該有多尷尬。安潯將臉埋在枕頭裡不去看他。司羽泰然自若地將毯子疊好，放到矮櫃前的椅子上，提醒道：「明天走的時候別忘了拿。」

安潯拉高被子，蓋住自己半張臉，悶悶地說：「安非的毯子，你賠他一條新的。」

司羽拉開被子鑽進去，問道：「怎麼是我賠？我自己一個人弄的？」

安潯用棉被摀他的嘴：「沈司羽你不許說話。」

蠟燭已經燃燒殆盡，終於在兩人的竊竊私語中悄悄熄滅，房間裡陷入黑暗，兩人的說話聲也漸漸小了。

第二天早上安潯被院子裡掃雪的聲音吵醒。老夫婦兩人掃著雪、聊著天，雖是家長里短，但聽起來安然幸福。

爐子不知道什麼時候滅了，昨夜的火熱消散後房間裡又冷了起來。司羽在她身後摟著她，睡得深沉。衣服都被扔到床的另一邊了，安潯伸出手臂去勾，勾不到，嫌冷不願意起身，便又躺回去。司羽被她吵醒，睜開眼就想親她，卻被她推開。

她嗔怪地看著他，命令道：「幫我拿衣服。」

司羽注意到安潯身上的痕跡，昨夜燭光太暗看不清，清晨光亮下，竟如此明顯，也覺得異常滿足，趁她不備在她唇上啄了一下才坐起身去拿衣服。

他把所有的衣服弄成一團塞進被子裡，然後兩人在被子中翻找，就那樣躺著穿衣服，一件又一件。穿到毛衣時，兩人終於因為彼此狼狽又滑稽的動作忍不住笑了起來。

下過雪後的深山，安靜得像是與世隔絕一般。兩人整理妥當，打開房門一出去，發現外面亮得刺眼，再細看，除了白色竟找不到任何一絲其他的色彩。

陽光正豔，照在雪地上閃閃發亮。

安潯伸開雙臂，感受著冰冷的空氣和雪的味道。司羽走過去從背後摟著她，下巴放在她肩上，靜謐的二人世界，彷彿時間也在這一刻靜止。

安教授和安非開車上山，本以為要費一番工夫尋找，沒想一轉上來便見到另一座高峰的山腳下有幾戶農家院落，白色的房頂，白色的院牆，靜靜地立在山下，像是被繁華城市遺忘的一角。

安非開著司羽扔在山下的那輛轎車，載著被他扔下的鄭希瑞朝著村落駛去，安教授則駕駛著自己那輛低調的商務車跟在後面。

「爸，你看那是不是我的車？」安非眼尖，遠遠地看到了自己的車子，車邊還有兩個人。

安教授打開車窗，推著眼鏡仔細看了看：「那不是司羽和安潯嗎？這孩子，真讓他找到了。」懸了一夜的心終於放下了。

司羽拿著老夫婦掃院子的掃帚將車頂的雪掃下來，安潯拿著掃地的小掃把，一下一下掃著引擎蓋。

司羽沒控制好力道，揚了安潯一臉雪。安潯呸呸兩口：「沈司羽，你故意的吧？」

司羽見她眉毛睫毛上都是雪，一臉不悅，竟然笑了起來。安潯見他毫無悔意，生氣地將手裡的掃把扔過去。司羽接住，對她說：「我來掃，妳進車裡暖和一下。」

他打開車門讓安潯坐進去，這才發現不遠處駛來的兩輛車子。

安潯將臉上的雪清理乾淨：「司羽，你果然是到手了就不珍惜了，看我滿臉雪還笑得出來。」

司羽整理著她的頭髮，小聲提醒道：「別亂說，妳爸爸來了。」他可不想才見面就被岳父揍。

安潯忙回頭看去，發現兩輛車子正駛到她身後不遠處，安非和安教授從車子上下來。

安潯本以為他們會又心疼又擔憂地過來噓寒問暖，沒想安非下車後的第一句話就是：「姐、姐夫，你們拿什麼東西掃我的車！」

說話間，安非看清了沈司羽手中的掃把，嚇得差點大叫起來，可嘴剛張開一半便被安潯無聲的眼神壓了下去。安非為自己不敢反抗安潯而懊惱，氣得請安教授評評理。

安教授假裝沒看到，詢問了安潯的情況，便帶著安非進屋去向老夫婦表示感謝。司羽跟著進去，準備將掃把放進院子。

鄭希瑞從轎車上下來，看著站在雪中的安潯，說：「除了司南，我從沒見過司羽為誰那麼著急。」

安潯見她下車，很驚訝。

「我也沒見過他笑得這麼開心。」鄭希瑞的臉色很差，帶著疲憊，但她還是微微笑著，溫溫柔柔，一如安潯第一次見她。

「對不起，我太自私了。」鄭希瑞自顧自地說著，垂下眼眸，覺得有些無地自容，「我失去了愛人會傷心，卻忘了司羽也失去了哥哥，現在又想讓你們失去彼此……我也不知道自己怎麼會變成這樣，司南一定對我很失望。」

說完，便發現司羽站在院子門口，鄭希瑞不太敢看他，似乎還想說些什麼，猶豫了半天也沒說出口。

安非和安教授在房門口與出來相送的老夫婦寒暄著。司羽走到安潯身邊，將她的連衣帽戴到頭上，因為他發現她的耳朵都凍紅了。

與老夫婦道別後，安非懷裡抱著那條毯子跑過來，不滿地說：「姐，妳把我的毯子忘在人家椅子上，我拿回來了。」

安潯只覺自己的臉轟地一熱，也顧不得別人的眼光，伸手把毯子搶回來抱進懷裡，一臉防備地看著安非。

安非有些錯愕，不明白一條毯子安潯的反應為什麼那麼大。安潯在白雪映照下的面龐突然生出莫名的紅暈，怕被人發現，她抱著毛毯轉頭看向別處，生硬地說：「這雪好白。」

毯子是安非一個朋友從紐西蘭帶回來送他的，純白色的雪駝毛毯，又柔軟又溫暖，昨天安媽拿給安潯是怕她凍著，誰知才用了一晚就不還了。

安非看向司羽，見他低頭輕笑。安非眼睛轉啊轉，看看安潯又看看司羽，在情場打滾許久的他猜到了一些，扯嘴一笑：「妳喜歡就給妳呀，不過妳知道的，一手交錢一手交貨，給我一幅畫就行。」

能欺負安潯的機會可真不多，安非怎會輕易放過。

「司羽會再送你一條毛毯。」安潯在安非面前囂張慣了，這種威脅她才不會讓他得逞。

安教授走了過來，聽到幾人說話，問道：「毛毯怎麼了？」

「爸，安潯……」

「好，安非。」安非剛一開口，安潯立刻打斷他。

聽她這麼說，安非得意地笑起來。安潯瞪他，似乎在說「有種你別落在我手上」。安教授不懂他們年輕人「眉來眼去」的意思，只是目光溫和地看著安潯，問：「昨天晚上哭了嗎？」他還是挺了解女兒的，膽小、怕黑。

安潯立刻搖頭，回答非常堅定：「沒有，爸爸。」

司羽心下好笑，也不揭穿她。

她怎麼會沒哭？哭了兩次呢。

安教授說本來他們能早點到，但那些碎石比想像中還要難清理，到早上才能正常通車。

安潯忙說：「沒關係爸爸，我不害怕。」

三輛車沿著原路開回去，救災人員還沒離開，看到安教授開車下來，遠遠地打招呼，問他是否找到女兒。安教授指了指後面的車子，說找到了，順便又感謝了他們一番。

有個救災人員看到轎車裡的司羽，認出了他，有些生氣地走過去，語氣甚是不快：「你昨天就那麼爬上去簡直不要命，叫你也不下來，要是出什麼事，誰也負不起責任。」

司羽向他道歉，說事發突然，自己沒有考慮太多。司羽似乎是心情好，話也多了幾句。見他態度溫和，那人也不太好意思繼續責備，只說以後千萬別這樣了。

「謝謝你，他保證以後再也不會了。」安潯湊上前，對車窗外熱心的救災人員保證。

那人擺手：「你們都沒事就好。」

車子繼續向山下行駛，司羽慢悠悠地說：「我可不保證。」

安潯歪頭看著他，皺眉說道：「雖然我很高興你上山找我……」

司羽打斷她：「那就夠了，不需要說『但是』。安潯，如果還有下一次，我還是會上山，但是我不會再讓同樣的事情發生。」

安潯笑道：「沈司羽，你追女孩子從來沒失敗過吧？」

鄭希瑞本來坐在後座閉目養神，聽到這話突然對安潯說：「司南說司羽沒追過女孩。妳不知道以前在學校他有多心高氣傲。」

安澐覺得自己可沒有這麼好騙，回頭問鄭希瑞：「妳信？」

「司南說什麼我都信。」她說。

盲目的女人。

剛進到市區鄭希瑞便要求下車，司羽說送她回去，沒想到她拒絕了。

下車前，鄭希瑞對司羽說：「抱歉最近對你造成困擾，我竟然還以為你是因為司南才和安澐在一起的。」

司羽說：「很高興妳又恢復理智。」

鄭希瑞不再是昨天那個冥頑不靈又纏人的女人了。

她努力扯出一絲笑意，低聲說了句：「沈司羽，你這人一直挺討人厭的。」說完她朝安澐笑了一下轉身離開，安澐和她說再見。

司羽發動車子，安澐伸手關掉車內播放的輕音樂，看向他問道：「為什麼鄭小姐在？」

「她昨天去醫院找我，順道跟著我到秋楓山。」

安澐挑眉：「那她一晚沒回去？」

司羽看向後照鏡中鄭希瑞越走越遠的身影：「可能因為擔心我吧，畢竟，我是沈司南的弟弟。」

安潯也回頭看鄭希瑞，「還有個問題。」她回身，看著司羽，疑惑地問，「為什麼她會覺得你和我在一起是因為司南？」

司羽揉揉眉心，覺得那女人真會給自己找麻煩：「我確實因為司南而多注意了妳一下，不然當初在汀南，可能當天我們就搬走了。」

住什麼民宿，出行用餐都不方便，還沒服務生打掃。

現在想想，一念之差，可能就會錯過她，也就沒有接下來的一切了，司羽簡直不敢想像。與他頗有淵源的房主；司南喜歡的畫家；喜歡光著腳到處走，也不在意別人的眼光，看起來冷冷淡淡卻又很愛笑的漂亮女孩；有著文藝的氣質，有時又會很性感，還有點小傲嬌，讓人著迷的女人……

認識安潯的第二天早上，他看到她在院子裡澆花。陽光下的她美得像一幅畫，他當時就生出一個念頭——必須要追她。過程非常美好，他喜歡看她臉紅又裝作若無其事的樣子，驚嘆於她的才華，心動於她偶爾的驕縱。

「安潯，和妳在一起是因為我為妳著迷。」司羽轉頭看向她，發現她那水潤潤的大眼睛正看著自己，忍不住又笑了一下，「幾乎為妳神魂顛倒。」

安潯還是那樣看著他，耳根最先發紅，然後慢慢蔓延到臉頰，突然低頭：「沒人和我說過這樣的話。」

「因為沒有人像我這樣喜歡妳。」

司羽將安潯送到社區門口，安教授邀請他上樓坐坐，說安媽媽十分想見他。司羽有些為難，他覺得去安潯家拜訪，應該鄭重一些，現在他不僅沒帶禮物，剛從山上下來他甚至沒換衣服，可是安爸爸的邀請又不太好拒絕。

安潯適時開口：「爸，您就讓司羽回去洗個澡吧。」本是一句尋常的話，說完她卻有點臉紅。司羽離開前表示會再正式登門拜訪。

待司羽一走，安非便不怕死地湊到安潯面前，故意調侃：「毯子呢？姐夫帶走了？」

安潯踢他：「安非你還要不要畫了？小心我送你一幅小雞吃米圖。」

「爸，我跟你說……」安非抓到安潯的把柄後就覺得從此可以無法無天了。

「我——開——玩——笑——的！」安潯咬牙切齒地拉住小人得志的安非。

第八章　雙城故事

農曆十二月二十九日，這天又下雪了，上次的大雪還沒完全融化，一場中雪又為大地覆蓋上一層白。安潯不太清楚農曆的算法，以為三十日才是大年夜。安教授告訴她，今年的二十九日過完，第二天就是新一年的大年初一。

這天一早，她和安媽媽一起烤了些點心，安教授拿了兩瓶酒，安非將年貨搬到車上，一家人開著車子駛向近郊。

安潯的爺爺、奶奶都是七十出頭，身體健康，精神矍鑠。他們住的近郊以前是一片荒地，後來城市外擴，漸漸蓋起了房子。爺爺在那裡建了棟中式雙層樓房，圍樓搭了個庭院，夏天葡萄架上的葉子爬滿庭院上空，躺在下面睡覺別有一番滋味。

安潯的車子先抵達門口。奶奶正在掃門前的雪，見到安潯從車子上下來，立刻放下掃把牽起她的手：「我們家小安潯來了，不是說下午才來嗎？奶奶都還沒準備好吃的。」

安潯晃了晃手裡的點心盒，笑道：「我們帶來啦。」

她提著東西隨著奶奶走進院子，安非搬著年貨跟了進來。爺爺正在晨練，看到兩人後立刻笑彎了眼睛，再見到安潯手裡的酒，眼睛彎得更厲害了。

司羽在這一天正式登門拜訪。他是十一點鐘過來的，為每個人都帶了禮物，除了安潯。

安媽媽從廚房出來，見到司羽，表現得熱情大方，沒有安潯以為的腦殘粉見偶像的情節。但是她轉身進廚房後，立刻抱緊了摘菜的安非激動地道：「為什麼我沒有這麼帥的兒子！」

安非立刻不爽了，把菜一扔，氣呼呼地道：「媽，妳的醜兒子不幹了！」

安潯的爺爺奶奶待司羽來才知道安潯已經有男朋友了，二老見司羽一表人才，彬彬有禮，立刻喜上眉梢，像是了了一樁大事。

爺爺還開玩笑道：「這次訂婚不會跑了吧？」

安潯臉紅：「爺爺！」

司羽想說些什麼，安潯立刻說：「不許接話。」

然後就被安潯拉進房間。安潯手掌攤開伸到他面前，噘著嘴說：「我爸、我媽、我奶奶的碧璽、翡翠、玉鐲，安非的平衡車，還有爺爺的好酒，我的呢？」

「我整個人都是妳的。」

「少來。」

他笑：「安潯，妳父母接受妳早婚嗎？」

「司羽，你現在要是拿出戒指，我就……我也不知道要怎樣。」安潯舉起的手慢慢放下，怔怔地看著他，有些慌，又滿是感動，明明他還沒做什麼。

司羽凝視著她，眉目溫柔，那隻一直插在大衣口袋裡的手拿了出來，指尖上掛了一條鍊子，銀白色的，閃閃發亮，鍊子尾端吊了一枚戒指，很簡單的樣式，上面鑲了一圈碎鑽。

司羽轉到她身後，將項鍊戴到她脖子上，說：「先預備著，等妳再大一點就拿下來戴手上。」

安潯摸著那枚戒指：「再大一點是多大？」

司羽扶著她的肩膀，低頭吻她細白的脖頸，那晚他留下的痕跡已經變淺了，但她的皮膚太白，所以還能看到星星點點。他輕輕用嘴脣摩挲著那些印記：「等妳畢業。」

「那也才四個多月。」

「已經夠久了。」

司羽這次拿來的禮物都太過貴重，安教授說當聘禮都夠了，研究了半天回禮的事，最後覺得，他們家最值錢的也就是他父親的畫了。不過安潯爺爺封筆很久，許多人來求畫都是空手而歸，安教授也沒把握，於是他將安潯推了出去。

安潯剛哄了幾句好話，安爺爺便滿臉寵溺地說：「那妳要幫我磨墨。」

「當然。」

「也只有小安潯能讓這老頭子再畫畫。」安奶奶笑著說。

安教授摘下眼鏡擦了擦，嘆息著說：「兒子不是親的，孫女才是啊。」

安石溪的淡彩山水畫自成一格，筆墨神韻，意境悠遠。他的畫工早已達到提筆就來的境界，一幅畫很快完成，隨即蓋上大印。他拿起畫軸讓安潯掛好，晾晒墨跡。

安潯接過去小心翼翼地掛好。

安爺爺見狀，問道：「丫頭，這畫妳是要送給誰的？」

「送給姐夫家的吧。」一旁的安非幫她回答。

安爺爺一聽，確實也覺得司羽拿給他的酒太過貴重，又聽說是他父親的私藏，有些過意不去：「是該回禮。那我再寫幅字吧，我這裡還有一株紅珊瑚，不知道他們家喜不喜歡。」

見他搜羅著家裡值錢的東西，安潯無奈：「嫁妝都沒你們這麼誇張……」

「喲！我們家小安潯已經開始想嫁妝了啊！」安爺爺笑著說。

「爺爺！」

吃完飯，安爺爺又喊著司羽下棋，不捨得放他去睡覺。直到客廳那座落地鐘響起，兩人才知道已經十二點。坐在沙發上看春節特別節目的安非已經睡著了，安教授喝了些酒，安媽媽早早帶他回房睡覺，安奶奶為兩人沏了茶後也上樓休息去了，整個客廳除了鐘聲，只有外面傳來的鞭炮聲。安非被吵醒，揉了揉眼睛、嘟囔了一句也起身走了。

「安爺爺，新年快樂。」司羽說。

「同樂。」安爺爺站起身，笑道，「我要去找你安奶奶了，你也憋不住了吧！」

司羽輕笑：「是有點。」

憋不住想去找安潯。

他將安爺爺送到臥室門口，然後轉身往回走，此時安潯的房門突然打開。她正準備出去，司羽幾步走過去將她拉進房間。安潯看清來人，立刻說：「小沈先生，過年好。」然後把手伸到他面前。

「紅包？」司羽挑眉。

「不然呢？」

「發數位紅包給妳。」他立刻拿出手機。

安潯收回手，撇嘴道：「想要真的紅包。」

「紅包太小，現金裝不下。」

安潯輕笑：「難道你要把你的身家都裝進去嗎？」

「如果可以。」說著他將安潯壓在門後的牆上，「安潯……」

「嗯？」安潯看他的姿態和神情就知道他想幹什麼。

「我很高興能到妳家來，真是個開心的春節。」沈家也過春節，卻只是全家回到英國一起吃頓嚴肅又無趣的飯而已。

「唔……怎麼突然這麼客氣。」安潯話還沒說完就被他吻住。外面的鞭炮聲小了許多，安潯被他困在狹小的空間裡。或許是氣氛太好，他的手從她睡衣下襬鑽進去，她也沒阻止。

只是不速之客過於討厭。

臥室的門沒有關緊，安非探頭探腦地進來，見到門後的兩人，誇張地摀住眼睛：「你們繼續，我去門口把風。」說著「砰」一聲關上門，跑走了。

安潯在司羽懷裡低低地笑著。司羽無奈地幫她整理好了衣衫，說：「安潯，妳說得對，有時候真的很想揍安非一頓。」

大年初一的早上，不到六點鐘家裡人就全都起床了。安潯下樓的時候，司羽正在幫忙安奶奶包餃子。雖然他的動作看起來有點笨拙，但是包的形狀還算可以。

「這麼賢慧？」安溽站到司羽身邊。

司羽笑道：「沒辦法，有人曾說畫家的手非常珍貴，怎麼能用來做這些粗活呢？只好我來做啦。」

安奶奶在一旁笑：「和她爺爺一樣，她爺爺以前常說『我這是畫畫的手，可要小心護著』。」

安家大年初一的活動是多年的慣例——搓麻將。司羽不會，安爺爺不喜歡，於是兩人跑去河邊釣魚。司羽很喜歡安溽的爺爺，覺得他是個很有意思的老人，與他在一起總能想起自己的祖父。

司羽拿著冰鎬、水桶和釣竿隨著安爺爺去了附近的河邊。他負責鑿洞，安爺爺垂釣。因為沒有小雜魚搶食餌料，一上午也算收穫頗豐，直到太陽西斜他們才被安溽哄回家。

安爺爺的心情看起來很好，對安溽說：「能靜下心來陪我釣這麼久魚的年輕人真的不多了。」

安溽分別摸了摸兩人的手，發覺都是冰涼的，有點心疼：「這麼冷的天釣什麼魚呀，在屋裡下棋多好。」

安爺爺喜歡下棋，司羽也什麼棋都會一點，正好可以陪他玩，可是老先生偏偏要跑出去釣魚。

「很難找到棋逢對手的人，懶得下了。」安爺爺倒是生出一種獨孤求敗的感慨。

安潯說：「我啊。」

「妳？」安爺爺挑眉，「妳頂多算是初級水準。」

「我經常贏您呢。」

「那是我讓著妳，逗妳玩。」安爺爺哈哈笑著，說道，「等妳贏了司羽再來挑戰我。」

司羽看著安潯，眼中滿是暖意，說：「她要贏我也是挺容易的。」

安爺爺聽出他話中的意思，欣慰地笑笑：「安潯，去英國的事司羽和我說了。去吧去吧，陪我兩天夠了。」

安潯本想初二隨司羽離開，可是早飯結束後易白帶了禮物來拜年，安教授便說要他們初三再走，畢竟是同齡人而且都認識，總是要招待一下。

安非對易白說：「我爸真有趣，還讓他們兩個招待你，這不是整人嗎？」

易白看了看不遠處打情罵俏的兩人，只說：「挺好的。」

安非搖頭嘆息：「你欠虐啊！」

司羽倒了杯茶水遞給易白。其實易白在這裡見到沈司羽挺驚訝的，畢竟在他看來，安潯和沈司羽應該還沒到見家長的地步。

可是沈司羽確實在，大年初二，在安家，與所有人相處融洽。

今天本來是他父母要過來的，可易白攔住了他們，他自己也覺得莫名其妙，不知道心裡究竟是怎麼想的。等他思緒平復下來後，人已經到這裡了。

安潯還是那個樣子，清清淡淡的，但似乎又有點不太一樣，他也說不上來。沈司羽一如在汀南見到的樣子，禮貌疏離，只是看起來對安潯的占有欲強了些，總是要確保她在自己的視線之內。

易白原本不打算留下來吃午飯，但不經勸，留了下來。

午餐前安非約了幾個人一起去河邊釣魚。年前春江的那場雪實在太大，以至於現在放眼河道都還是一片白茫茫。

司羽牽著安潯走在前面，悠閒自在，偶爾低聲閒聊。安非一隻手扶著扛在肩上的冰鎬，另一隻手提著水桶。易白走在安非旁邊。易白向來話不多，但今天也太過沉默了，與安非聊天也是有一句沒一句地搭著話，沒有多大的興致。

他們穿過臨河公路後，從橋頭一側的樓梯走下去。平時修葺平整的河堤上有很多散步的人，還有一些人會來河邊玩雪橇、溜冰刀，今天卻沒什麼人，只有幾個孩子在玩。

「以前鑿冰洞總怕會給河上溜冰的人帶來危險，人少就是好。」安非說著走下河堤，踏上河道，找了個位置開始鑿冰。他鑿得非常賣力，又是用冰鎬砸又是用腳踩，安潯都怕他一不小心掉進去。

他自己一個人鑿得起勁，岸邊的氣氛卻很冰冷，直到司羽開口說道：「易先生，聽說你捐了不少錢給我的基金。」

易白側頭，越過安潯看向司羽，點了點頭，說：「正好看到，了解了一下後覺得有必要出一分力。」

安潯之前不知道，讓她有些意外。

在她眼中，易白就是個只對女人和金錢感興趣的資本家，那些富二代喜歡幹的事他一樣也沒少做，唯一的不同是作為易和企業的副總，他還是有些能力的。

易白見安潯看自己，朝她一笑：「覺得我還有可取之處？」

被看穿了……

這時，安非突然在河道上朝他們揮手大叫：「姐夫……姐夫……魚線是不是在你那裡？」

司羽掏了下口袋，確實有一捲線，出門的時候安爺爺拿給他的。他舉手向安非示意了一下，然後對安潯說：「我送過去給他。」

河堤邊種了一排柳樹，柳樹下有休息的長椅，易白對安潯說：「去那邊坐一下？」

安潯走在易白旁邊，微低著頭看著路面，沒注意到伸出來的柳條。易白眼疾手快地將安潯拉到自己身側，笑道：「地上有錢嗎？看得這麼專心。」

安潯側頭看了一下枝條，對他說：「謝謝。」

「其實我們不需要這麼客氣不是嗎？」易白突然說。

安潯怔了怔，心想：可是真的不熟啊？

幫安非弄魚線的司羽看了岸邊的兩人一眼，轉頭對安非說：「把你姐叫過來。」

「嗯？」安非沒反應過來，「我叫？」

「對。」

安非看到岸邊兩人的狀態就懂了。

易白低著頭和安潯說著什麼，安潯站在他身側，對他微微笑著，從這個角度看，他們的姿態有些親密。

安非又瞄了瞄司羽的臉色，心下好笑，嘴上卻大聲喊道：「安潯，妳過來。」

結果，安溽和易白一起走了過來。

冰面上非常滑，安溽走得很慢。易白剛開始還禮貌地與她保持距離，後來乾脆走過去，讓她扶著自己的手臂。

安非又看向司羽，表面上看不出什麼，依舊是往常的樣子，只是整個人的氣質有些不一樣了，少了點溫和，多了絲凌厲。

司羽對旁邊溜冰的一個小男孩說：「可以把你的雪橇借給我嗎？」

小男孩點頭。

雪橇就是一個椅子下面墊了個木板，木板下面又鑲了兩條冰刀，簡易又結實。司羽推著雪橇到安溽面前，問她：「想玩嗎？」

安溽點點頭，眼眸發亮，隨即抬腿坐了上去，說：「慢點，我會怕。」

「好。」他應著，剛要走，安溽便出聲阻止。她把手腕上的髮圈遞給他：「幫我把頭髮綁起來。」

之前他也常幫她綁頭髮，她換衣服的時候，洗臉的時候，準備畫畫的時候。司羽覺得自己已經是個綁頭髮的高手了。他接過髮圈，幾下幫她綁了個馬尾，詢問道：「要綰起來嗎？」

安溽回頭看他，晃了晃腦袋，說：「你覺得這樣好看嗎？」

司羽點頭。

「那就這樣。」

然後他推著雪橇，慢慢走遠。易白沒有跟上去，而是低著頭看著腳上的皮鞋，似乎這才感覺到涼意。他轉身往回走，不打算再去安非那裡。

兩人已經繞了很大一圈，司羽只是穩穩地推著雪橇，異常沉默。安潯踢了踢腳邊的碎冰塊，問他：「司羽，你怎麼不說話？」

司羽避開一個坐著雪橇滑過來的小女孩，半晌才回答安潯的問題：「在思考要用什麼心態面對女朋友的前未婚夫。」

安潯沒想到他會這麼老實，笑道：「平常心態。」

「似乎不可能。」他立刻說。

安潯疑惑地回頭，見他神色，猶豫地問：「司羽，你在吃醋嗎？」

他也不看她，半晌才回答：「雖然不太想承認，但是安潯，我好像是吃醋了。」

安潯也不安慰他，反而笑起來，為他偶爾的孩子氣。

「妳可以不用笑得這麼開心……安潯，妳不應該解釋一下嗎……好了安潯……別笑了……」司羽無奈的聲音在河道上輕輕飄散開來。

安非並沒有安爺爺的本事，一上午只釣了幾條小魚，好在他很隨緣。

易白吃了午飯後就離開了。他剛走，安教授就交代安潯：「妳抽空去易家拜個年。」

安潯不太情願地「哦」了一聲。

後來回房間，司羽直接威脅道：「安潯，妳最好找個理由推掉去易家的事。」

安潯意識到司羽還在吃易白的醋，說：「司羽，你不講道理。」

「嗯。」他還承認。

安潯不和他計較，只是有點為難，問：「可是要用什麼理由呢？」

她在易家已經是有「前科」的人了。

司羽想了想，走過去將她抱起來，朝床鋪走去：「就說懷孕了！不宜出門。」

安潯捶他：「別鬧，家裡人都在。」

「不幹什麼，就親一下。」

農曆初三的早上，安非開車送司羽和安潯到機場。

「感覺我這整個寒假什麼都沒做，就只有接送妳去機場。」安非將兩人的行李箱搬下車，不免抱怨兩句。

「我剛才還在想回來的時候要帶什麼禮物給你呢。」安潯說。

「其實我非常喜歡接送妳，比待在家有意思多了。」安非的臉上立刻堆滿笑容。

司羽在一旁輕笑道：「你還真是能屈能伸。」

機場的人比平時多了一倍。司羽戴上鴨舌帽和口罩，一手拖著行李一手牽著安潯。換了登機證之後還要等很長一段時間才能登機，安潯不想去休息室，拉著司羽找了個相對僻靜的咖啡廳，坐下來喝咖啡滑手機。

候機大廳的大螢幕上正在直播一場國外的頒獎典禮。國內的一位女演員獲得提名，她走下紅毯後，電視上插播了國內媒體對她的採訪，千篇一律的問題，她的回答也很官方，了無新意。直到記者問到她最想合作的男明星是誰時，她突然嬌嬌一笑，對著鏡頭說：「沈司羽囉，我挺喜歡他的。」

記者也沒想到會得到這樣的回答。想到最近沈司羽紅得發紫，他們像是抓到大新聞似的，忙問：「請問您說的喜歡是指哪種喜歡？你們私底下有接觸嗎？」

女演員笑得意味深長，不正面回答問題，答案也模棱兩可，留下了想像空間，說：「就是喜歡啊。」

安潯透過咖啡廳玻璃看完這段讓人火大的採訪，很不高興，轉頭對司羽說：「換臺！」

司羽只露出一雙眼睛，眼角上挑：「妳以為是在自己家看電視嗎？」

他或許早就習慣了，並不覺得如何，安潯卻十分不爽，冷著臉起身朝安檢走去。司羽起身跟上，看她氣呼呼的樣子，伸手摟住她的肩膀，說：「公開吧？」

安潯沒回答他的話，只是將手機和手提包遞給安檢人員，回頭問司羽：「你認識那個女明星嗎？」

他環胸站在她身後，笑著說：「我該怎麼回答，妳才會高興呢？」

安潯接受安檢人員檢查，微揚著下巴說：「這就是你的事了。」

工作人員示意司羽摘掉口罩，他配合地伸手摘下來。工作人員是個年輕女孩，就這麼無預警地近距離看到司羽。她猛然愣了一下，立刻又低頭去看護照——沈司羽。

真的是他！

工作人員再抬頭看過去，盯著他瞧，直到司羽開口問道：「怎麼了？」

護照上的照片十分清晰，根本用不著辨認這麼久。

「沒……對不起。」女孩忙把護照和機票還給他，「祝您旅途愉快。」

「謝謝。」

安潯通過安檢站後，回頭看他，輕聲說：「你要是長得醜一點就好了。」

司羽低聲笑了。那女孩又看了幾眼，直到後面有人把證件和登機證遞給她，說了句「你好」，她才收回視線，有點不好意思。

很快也有路人認出摘掉口罩的司羽，甚至拿出手機拍照。

司羽察覺到視線，抬頭看向安潯。安潯回視輕笑，沒有閃避。兩人心照不宣，他走過去牽起她的手走進通道。

「我們被拍到了，妳要怎麼解釋？」司羽捏捏她的手，問道。

「就說機場偶遇。」安潯說。

「呵，裝蒜。」司羽笑道，「牽手了呢？」

「就說你耍無賴啊。」

司羽再次笑起來，伸手揉了揉她的頭髮，順勢摟住她的肩膀：「可以。」

兩人出了通道，走到停機坪，準備登機之際，司羽突然說：「我會保護妳的。」

戀情曝光後一定會有人對她品頭論足，或許不是每個人都帶有善意，安潯覺得自己還太年輕，做不到以平常心對待那些或好或壞的言論。

可是她的不安，卻被他一句話輕易化解。

從春江飛到曼徹斯特需要十個小時，時差八小時。兩人抵達目的地，下飛機時還是上午，沈家派了車子來接，司機是老一號的郭祕書，司羽叫他郭管家。

郭管家是郭祕書的父親，完全不需要懷疑，因為他們長得太像了。

安潯只顧著看曼徹斯特的風景，並不知道此刻網路上關於她和司羽的戀情已經火速傳開。車子經過老特拉福球場時，郭管家突然傷感起來。他回憶往昔，滿臉哀戚：「以前我總是送兩位少爺來這裡看曼聯的比賽，幫你們買隊服、要簽名，明明這一切還像昨天似的……」

他似乎還想說下去，後又覺得不應該提起，於是嘆了口氣、轉過頭，不再看球場。

司羽突然不說話了，閒聊的興致全無。安潯抓著他的手捏著，不希望他多想，還主動挑起話題：「你不是喜歡看西班牙足球甲級聯賽嗎？」

「從小就是曼聯的球迷，後來喜歡的球員都去了皇家馬德里，就改看西甲了，不過英超也會看幾場。」他修長的手指繞著她的指尖一圈圈轉著，耐心詳細地回答她的問題。

「最近有比賽嗎？我陪你去看好不好？」安潯問。

她希望他能好好面對過去的點點滴滴，那些都是美好的回憶，不應該用傷感的情緒去面對。

司羽深深地看著她，點頭。

沈家老宅在約克郡，從機場到那裡約兩個小時車程。隨著目的地越來越近，安潯稍微有些緊張：「你的家人都在嗎？」

「嗯，直到過完元宵節才會離開。」

「你們家規矩多嗎？會不會像《唐頓莊園》一樣，特別講究禮儀。」

「他們不會對妳要求太多。」

「我穿的這套衣服合適嗎？」

「合適。」

「你祖母嚴肅嗎？」

「她很……知性。」

「他們說英文還是中文？」

「都會說。」

司羽早就知道讓她噤聲的方法，十分管用，就是在她喋喋不休時吻住她。安潯被他突如其來的親吻嚇了一跳，好半晌，只聽他說：「只需要跟著我。」

安潯從沒聽司羽說過他們家住在古堡裡。越過一座不大的矮平山丘，那座看起來並不陳舊的城堡就映入眼簾。

她還以為他們只是路過，卻發現郭管家將車子開向那座古堡。她問：「到了？」

司羽點頭：「希望妳不會受到一些電影的影響。」

「什麼電影？」

「古堡裡都住著吸血鬼的那種電影。」

安潯笑起來：「這倒提醒了我，你家好像中世紀電影場景。」

此刻晌午已過，家裡人都在午休。傭人說老夫人正在午睡，暫時沒辦法見面。

「我們等祖母醒了再去看她。」司羽說完，要傭人帶安潯去她的房間。

安潯拉著他：「你跟我去。」

三樓樓梯口轉角的第一間是安排給安潯的房間，典型的歐式裝潢，精緻浮雕的牆頂，墨綠色的牆壁上掛著極其講究的油畫，白色的壁爐，大馬士革的地毯。

安潯對那些畫比較感興趣。司羽見她第一件事就是研究畫，便靠在門邊靜靜地陪著她。

直到傭人提醒：「羽少爺，您的房間也已經打掃好了。」

安溽進來後見到了四、五個傭人，全都是典型的亞洲人長相，說著流利的漢語，不過……她拉住司羽，問道：「你的房間在哪裡？」

「在樓下。」三樓是客房，二樓是他們晚輩的住所，一樓是長輩的房間。

「所以我要自己住這麼大的房間？」安溽微微瞪大了眼睛。司羽明白她的意思，他知道她膽小怕黑，不熟悉的地方不敢自己一個人住。

司羽看了傭人一眼，說道：「我當然會和妳一起睡。」

安溽放心了，繼續看畫。直到司羽離開，她才後知後覺地發現他剛剛那句話是用義大利語說的。不知道他是什麼時候學的，發音、文法竟然都很標準。

這個季節的英國非常溼冷，常年生活在北方乾燥氣候的安溽不太適應，傭人幫她點燃了壁爐，她才感覺好一些。

司羽要她睡一下，說晚上再去見祖母。安溽一覺睡到黃昏，司羽來找她時，她正睡眼惺忪地賴在床上。司羽附在她耳邊說：「睡美人，需要王子吻醒妳嗎？」

安溽意識到自己在哪裡後猛然坐起，問：「我睡了很久？」

「雖然捨不得叫妳起來，但是快要用晚餐了，我們現在要過去見見祖母。」司羽拿起她的毛衣幫她套上，拉著袖子示意她伸手。

剛進來的傭人見此情形連忙走上前：「羽少爺，我來吧。」

「不用。」司羽想也不想就拒絕，說著他又拿起床邊安潯的鞋子，認真地幫她一隻一隻穿上。

路過的郭管家看得目瞪口呆。從小被他們伺候大的羽少爺竟然也會伺候人，而那位安潯小姐卻絲毫不覺得惶恐，竟一副理所當然的樣子……

郭管家搖頭嘆息著準備下樓，正好碰到要上樓的Cora和司羽的堂姐司琴。Cora是司羽大伯家的孫女，剛滿十八歲。兩人聽說司羽帶了女朋友回來，好奇地要來見見，畢竟沈司羽這種眼睛長在頭頂上的人，會看上哪個女人還挺稀奇的。

「郭管家，小叔叔的女朋友漂亮嗎？」Cora問。

郭管家嘀咕道：「漂亮倒是漂亮，就是……羽少爺太寵她了，還親自幫她穿衣服、鞋子……」

「真的假的？沈司羽幫她穿鞋子？」沈司琴最了解沈司羽是什麼調調，雖說現在會做表面工夫裝一裝了，但始終改不了骨子裡的高傲。

「千真萬確，喊她起床都耐心地哄了好半天。」郭管家嘖嘖稱奇，「說是要去拜訪老夫人才把她叫起來。」

司琴眼睛一亮，看了 Cora 一眼，說道：「想不想幫妳小叔叔治治他未來的老婆？」

Cora 雖然不知道她在打什麼主意，但見她的表情就知道是好玩的事了，立刻點頭。

司羽帶安潯到祖母房間門口，就見到 Cora 從裡面出來。她叫了聲「小叔叔」，隨即將視線放到安潯身上，上下將她打量一番後說道：「太奶奶還在休息，不過應該快醒了，小叔叔你在門口等著，我帶……嗯，我帶小嬸嬸進去。」

祖母向來喜靜，這些年深居簡出，司羽並未察覺不妥，便對安潯說：「進去吧，陪祖母說一下話。」

安潯點點頭跟著 Cora 走了進去。

房間是套間，一個大客廳，裡間是臥室，安潯透過紗簾見到臥室床上躺了個人。Cora 示意安潯坐到沙發上，然後就走進裡間。

臥室裡傳來低沉的說話聲，然後 Cora 拿了兩本厚厚的線裝書走了出來。她將書放到安潯面前的茶几上，說：「太奶奶說要進沈家的門，首先要抄寫一遍沈家家規和《禮記》，用毛筆。」

安潯詫異地看了那兩本書一眼，二十一世紀，還是在歐洲，竟還有這種規矩！雖然覺得離譜，但安潯還是拿起書，說：「好。」

安潯一走，Cora 立刻笑嘻嘻地撲到床上。司琴掀開被子問她：「她沒生氣？」

「沒有，是個話不多的姐姐，笑起來很好看。」Cora 對安潯的第一印象還不錯。

「等她寫完再做評判。我們快去書房接祖母下樓，要吃飯了。」

司羽沒想到安潯會這麼快出來，見她臉色有點不太自然，問：「怎麼了？」

安潯晃了晃懷裡抱著的書，說：「我沒見到祖母，她還沒起床。她要 Cora 給了我兩本書，說進沈家門都要先抄寫沈家家規和《禮記》。」

「是嗎？我倒是不知道還有這個規矩。」司羽翻了翻那兩本書，密密麻麻的字，皺起了眉頭，這要抄到什麼時候，「可以代寫嗎？」

安潯將書拿回來，搖頭道：「當然不行，你別打歪主意。」

沈家四個兒子兩個女兒，司羽父親是最小的，上面的那些兄姐除了過世的大伯外，幾乎全部出席，還有一些旁支，人確實很多。

好在城堡的餐廳大得像教堂一樣，餐桌有五、六公尺長。

祖母已經八十多歲了，被人攙扶著出來，看到司羽差點哭起來。別人不敢說話，只有司羽過去安慰。大家知道，她是想起司南了。

司南的事家裡的人前些日子才告訴她，好在醫生一直住在家裡，隨時調養她的身體，她才沒有什麼大礙。

待祖母情緒穩定一些後，司羽將安潯叫到身邊，正式介紹：「祖母，這是安潯，我的女朋友。」

祖母抬眼看了看安潯，慢悠悠地「嗯」了一聲，然後就沒下文了，讓人十分尷尬。

安潯眸子沉了沉，不太明白問題出在哪裡。

司羽微微皺了下眉頭，隨即拉著安潯的手說：「安潯，叫祖母。」

安潯彎了彎嘴角，似是沒察覺到祖母的不滿，輕聲道：「祖母您好，我是安潯。」

滿廳的沈家人都看到老太太對司羽這個女朋友的冷漠，她卻絲毫沒有窘迫，落落大方地低頭行禮。

祖母依舊是若有似無地「嗯」了一聲，隨即微微側身吩咐管家上菜。沈家人都有自己的位子，包括今天剛到的司羽，但是安潯，沒人過來為她加椅子。祖母不開口，也沒人敢提起，包括司羽的父母。他們像是沒看到一樣，事不關己地坐下，鎮定自若地拿起餐巾鋪到腿上。

Cora 小聲對司琴說：「真尷尬，要是知道太奶奶這個態度，我們就不應該整她，好可憐。」

「噓，小點聲。」司琴瞪了她一眼。

司羽皺眉，不滿地看了郭管家一眼，剛想說話，只聽身旁的安潯說：「司羽，我剛才在飛機上吃多了，想先回房間休息。」

「我陪妳回去。」司羽說著牽起安潯的手便要走。

安潯將手抽出來，一直面帶微笑，聲音輕輕柔柔的很悅耳，說：「你陪祖母吃飯吧，不是很久沒見了嗎？我找得到路。」說完，她禮貌地對眾人微微彎了一下腰，看了司羽一眼後轉身離開。

從餐桌走到餐廳大門有一段很長的距離，她走得不疾不徐，高跟鞋踩在地磚上的聲音絲毫不見慌亂。傭人幫她打開大門，她抬腳邁出時還不忘對傭人頷首道謝。

「要是換成我，早就哭著跑出去了。」Cora 搖頭嘆氣。

「看起來並不像郭管家說的，是驕縱任性的人。」司琴說。

司羽目送安潯出去後，回身替祖母擺好筷子，說：「祖母，您對安潯是否有什麼不滿？」

祖母瞥他一眼，半晌，哼了一聲：「我對替男孩畫裸體畫的女孩會有什麼不滿？我又沒見過她。」

司羽了然，知道她是聽到了什麼風言風語，想到她要安潯抄《禮記》也是這個原因，於是笑著說：「祖母，您可不是保守的老太太，而且，我們家那種畫還少嗎？」

「但是你去當那……那什麼模特兒，還鬧得全世界都知道了，成何體統！沈家的顏面呢！」

司羽起身盛了碗湯放到她面前，將羹匙擺好位置，這才再次開口道：「除了這件事呢，她還有哪裡做得不好？」

祖母喝了口湯，沒說話。司羽坐到她身邊，問：「唯一的錯是她的職業？」

祖母看了司羽一眼，有些恨鐵不成鋼的意思，「畫那種畫的女孩，我看不出哪裡好。」說完她抬眼看了看餐桌，菜已經全部上齊，「都吃吧。」

所有人拿起筷子，司羽頓了頓，剛想再說什麼，沈父適時打斷了他：「司羽，回座位吃飯，別打擾你祖母用餐。」

司羽站起身：「我也不吃了，飛機上吃了不少，祝大家用餐愉快。」說著，他抬腳離去。

見他走得也是不疾不徐，Cora 嘀咕道：「就應該第一時間追出去嘛，小叔叔怎麼不著急啊？」

一旁的司琴無奈地輕笑：「說妳傻妳還真傻。妳小叔叔心眼多啊，他當時要是跟著出去只會惹祖母更遷怒安潯。」

「電視劇裡男主角都會為了保護女主角和家裡大鬧一場。」Cora 說。

「那是最蠢的，而且妳要妳小叔叔和祖母大鬧一場？她都八十多歲了。妳是不是唯恐天下不亂，再亂說我告訴妳媽。」

司羽走到三樓時，發現安潯站在她的房間門口，輕靠在門框上，雙臂環胸，微低著頭不知道在想什麼。

走廊的地毯很厚，走在上面很難發出聲音。安潯想得入神，待他靠近才發現。司羽走到她身邊，沒說話，直接伸手將她摟進懷裡，溫聲問：「怎麼站在門口？」

「沒鑰匙。」安潯說完這句話就伸手打他，想將他推開又推不開，捶他的胸膛他的肩。司羽也不躲，越抱越緊。

安潯氣壞了，一邊打一邊說：「沈司羽，你欺負我。」

「是，我的錯。」司羽說。

「你走開。」

「我不走。」

安潯掙脫不得，索性隨他去了。司羽將臉埋在她的脖頸處，一連說了好幾句是他的錯。

不知道過了多久，有傭人經過，司羽示意她把門打開：「怎麼上鎖了？」

傭人連忙道歉：「對不起羽少爺，這個門鎖有點問題。」

傭人把門打開後便離去。進入房間後，司羽發現安潯眼眶有點紅。他停下腳步：「哭了？」

「沒啊。」她回答得倒是痛快。

司羽皺著眉頭，一雙漆黑眼眸似有海浪翻滾。須臾，他沉著聲音說：「讓妳哭是我人生最大的失敗。」

安潯回身抱他：「沒事的，沈司羽。」

是夜，整個古堡靜悄悄的，安潯開了吊燈又開了壁燈，室內燈火通明，她圍了毯子坐在壁爐前抄書。

白天睡太多的後果就是連傭人都睡了，她卻毫無睡意。

本是新春佳節，國內一片歌舞昇平，歡天喜地，而這裡，靜得像是在另一個星球。壁爐裡的火越燒越小，劈里啪啦的響聲在靜謐的夜晚顯得十分清脆。

「咚咚」的敲門聲突然響起，安潯差點沒嚇得扔掉手中的筆。她穩了穩心神，壓低聲音問：「誰？」

「我。」

安潯將毯子放到沙發上起身去開門，見司羽站在門口朝自己笑，他問：「妳以為是誰？古堡幽靈？」

安潯倒抽一口氣，輕聲斥道：「沈司羽！」

膽小成這樣？說說都不行。

司羽輕笑一聲：「別怕，我陪著妳。」

「你剛才去哪裡了？」安潯轉身往回走。

「去母親那裡了。」

「因為我的事嗎？你祖母……」

「別想太多，她只是不了解妳。安潯，給我一點時間。」司羽摸著她的頭髮，看她就站在眼前這才稍稍放心了些。

他了解的安潯，隨心所欲，自由自在，不會受任何委屈，也不會為了任何人難為自己。晚飯的時候，他真的有一瞬間以為她會冷臉離開，可偏偏她只是委屈地和自己鬧了個小彆扭。這樣的安潯，讓他覺得愧疚，讓他心疼，讓他喜歡到極致。

司羽陪著安潯抄寫家規，見她已經抄了一小疊。他一張一張地瀏覽，字很漂亮，而且工整。他伸手將她臉頰邊的髮絲撥到耳後，商量著說：「安潯，不要寫了好嗎？」

他見不得她受絲毫委屈。

安潯朝他笑笑，說：「司羽……她是你的親人，我想，努力得到她的喜歡是我應該做的。」

想想，她好像不曾為他做過什麼。

「我很想帶妳回國。」他沒有料到此次到英國會是這種局面。他以為，他們都會喜歡安潯，就像他一樣。

「不要，古堡我還沒住夠。」寫字的安潯頭也沒抬，「你別吵我，寫錯了還要整篇重寫。」

司羽斂去眼中的動容，俯身輕輕親吻她的側臉，那麼小心翼翼。

「煩人，寫錯了！」

司羽見她嘟嘴，笑起來。想著剛才在母親房裡，他請母親幫忙，母親說：「安潯看起來是個不錯的女孩，你的眼光向來不錯。」

是啊，她看著就討人喜歡，所以他請母親幫忙求情：「祖母對她有些成見，您幫我說說好話，祖母很聽您的。」

「她是聽你爸爸提起過一次，你爸爸對那幅畫十分不滿，你祖母寵他，也以為是什麼搬不上檯面的東西，所以才對安潯有所不滿。」沈母拍了拍司羽的手，「放心吧，她不是什麼固執的老太太，很好勸的。」

在約克郡的第一個清晨，司羽去安潯房間找她，見她窩在沙發上睡得香甜。桌子上紙筆都沒收拾，抄完的紙有厚厚一疊，工整地擺在一邊。

昨晚他勒令她去睡覺的時候還沒有這麼多，應該是自己離開以後她又爬起來抄的。傭人敲門進來詢問需不需要打掃房間，司羽對她做了個「噓」的手勢，示意她出去。

安潯真的學壞了，知道怎麼讓他心疼。

早餐的時候，安潯和司羽依舊沒有出席。餐廳裡除了碗筷的聲音也沒人開口說話，大家靜靜地吃著自己的食物，飯後，眾人沒有散去，圍坐在沙發上聊天。

郭管家走過來低頭問沈老夫人：「老夫人，最近天氣多雨，安小姐拿來的字畫容易受潮，您看，放在哪裡合適？」

「隨便放。」沈老夫人說。

郭管家一臉為難地道：「老先生生前都是小心珍藏安石溪先生的畫，這隨便放……」

沈老夫人端茶杯的手一頓：「你說誰的畫？」

「安石溪先生。」

郭管家說完，坐在一旁的沈母立刻接口道：「安石溪封筆十多年了，別是贗品，你去拿來給母親看看。」

郭管家來去都很快，似是早就準備好了。沈父見狀，看了身旁的妻子一眼，想說什麼，終究是什麼也沒說。

那幅畫沈老夫人看了很久，也看得很仔細。半晌，她摘掉老花眼鏡，將畫遞給郭管家，吩咐他好好保存，隨即看向沈母，說道：「竟然是安石溪最近畫的，這孩子有心了。」

「能請動安石溪，想來他們畫家之間多少有些交情，其實安潯的畫也是不錯的，司南……我家司南在的時候，收藏了許多她的畫。」沈母的話一出，眾人都是一愣。

沈司南都搬出來了。

最近這個名字是沈家的禁忌，眾人唯恐一不小心被祖母聽到會惹她傷心。果然，提到司南，祖母的神色立刻哀戚起來。

沈父不滿地看了妻子一眼，說道：「郭管家，母親愛吃的點心怎麼還沒上，你去催催。」

沈母嘆了口氣，準備好的話再沒機會說下去。

來英國前，司羽想了很多好玩的地方要帶安潯去。可現在，安潯已經在房間待了整整三天，家規已抄寫完成，《禮記》也到了尾聲，司羽也跟著當了三天的磨墨書童。

這天早餐，司羽和安潯再次出現在餐廳，安潯拿了兩疊紙來，Cora見狀立刻緊張地拉了拉司琴的衣服。司琴倒是鎮定，用眼神示意Cora稍安毋躁，小聲對她說：「等一下妳小叔叔還要謝我們呢。」

司羽在祖母身邊站定，將手抄紙放到她面前，微微躬身對她說道：「祖母，您讓安潯抄寫的家規和《禮記》已經寫完了。」

沈老夫人看了安潯手抄的紙一眼，詫異道：「我什麼時候讓她抄家規和《禮記》了？」

司羽詫異，見祖母確實不知情的樣子，又看向安潯。安潯倒是神色未變，輕輕瞥了Cora一眼，只說：「可能是我誤會了，當練字也好。」

司羽幾乎是同一時間看向Cora。他沉下臉，不怒自威：「Cora，妳解釋一下怎麼回事？」

Cora緊張地站起來，看起來快要嚇哭了。小叔叔平時挺溫和的，但是一沉下臉就非常嚇人。司琴也跟著站起來，看向安潯，開口便道歉：「對不起啊，安潯，是我和Cora惡作劇。我們之前誤會妳畫的畫……不正經，所以想為難妳一下。不過我和Cora後來看到了，妳畫得真是太好了，比我們家牆上掛的都好。」

堂姐說完，偷瞄了祖母一眼，見她若有所思的樣子，得意地朝司羽眨了眨眼。

一直誤以為安潯的畫不正經的其實只有沈老夫人，司琴這話說得漂亮，司羽挑眉看她，了然，隨即假意怒道：「安潯以為是祖母的吩咐，在房間抄了三天兩夜，結果妳告訴我這是妳們惡作劇？」

「對不起。」司琴和Cora異口同聲地說道。

沈老夫人翻看了幾張安潯寫的字，抬頭看她，慢慢道，「現在會寫毛筆字的人不多了，字很不錯。」說完，沈老夫人不滿地看了眼司琴和Cora，「妳們有些過分了，回去後，也一人抄一份家規和《禮記》吧。」

「蛤？」Cora瞪大了眼睛，「太奶奶……」

「祖……祖母……」司琴也一臉不情願，忙提醒，「兩本書呢！」

「別人三天就寫完了，我給妳們五天時間。」

司羽嘴角輕輕翹起，被司琴看到，狠狠瞪了他一眼。司羽裝作沒看見，說：「祖母，我帶安潯回去休息了，她這兩天幾乎沒闔眼。」

隨即，兩人微微欠身，然後一同離去。

剛走出餐廳大門，司羽便拉住安潯，不滿地看著她問道：「妳早就知道？」

剛剛的她並沒有表現出任何訝異，如果不是Cora緊張成那樣，他都要以為是這三個女人串通好的苦肉計。安潯點了點頭，她當然知道。那天她進入祖母房間，雖然看不清床上的人，可是床邊放了雙細跟高跟鞋，差不多有十幾公分，怎麼可能是祖母？

司羽簡直要被她氣笑，他掐了掐她的臉蛋：「那妳還這麼賣力，妳傻嗎？」

「效果不錯，」安潯眉梢一挑，笑得很得意，「你才傻。」

「就妳心眼多，傻子。」

餐廳又恢復安靜，沈老夫人將手抄紙遞給郭管家。須臾，她對沈母說：「以前倒是聽司南提起過，說有個小畫家很不錯，應該就是她吧。」

「是，安潯是司南的朋友，兩人關係很不錯。」沈母說。

沈老夫人「嗯」了一聲，半晌，又問司琴：「妳說她的畫比我們家掛的還好？」

司琴輕笑：「確實挺好，我不懂鑑賞，只是個人的觀感。」

沈母也不避諱了，在場的人誰都看得出她是司羽的說客。既然話題聊到這裡，她立刻吩咐道：「郭管家，你找找安潯的畫，拿來給母親看看。」

Cora 拿出自己放在椅背的平板電腦，說道：「我這裡就有。」

沈老夫人看了沈母一眼，說：「看來妳挺滿意這個兒媳婦？」

「我和您一樣，也是第一次見她，覺得面善，看起來挺舒服。」沈母說。

「什麼面善，長得俊俏罷了。現在的年輕人，只看皮相，司羽也不例外。」沈老夫人剛說完，便見 Cora 遞給自己一臺平板電腦，頓時一愣，「這是做什麼？」

「太奶奶，這就是網路上傳的那張，您說成何體統的畫，我小叔叔簡直要把人迷死了。」Cora 將電腦斜放在她面前的桌上，誇張的模樣還真引起沈老夫人一絲好奇。

「那女孩子的家裡是做什麼的？」沈老夫人一邊戴老花眼鏡一邊問。

沈母輕輕一笑，知道有希望了，至少老太太開始想要了解安潯。她說：「聽說父母都是學者，也算出身書香世家。」

沈老夫人看不慣這類電子的東西，不過她還是看了好半天。後來她摘下老花眼鏡，揉著眼睛問道：「這真的是安潯畫的？」

「是啊，母親。」沈母說。

沈老夫人示意郭管家把平板拿走。郭管家走上前，只聽她突然問：「這幅畫的原稿在哪裡？我想看看。」

「應該在安小姐手裡。」郭管家說。

「你去和她說一下，如果方便，能不能借我看看。」

沈母壓下嘴角的笑意，看了眼不太高興的沈父，低聲提醒道：「你可就這麼一個兒子了。」

沈父也看出他母親有意妥協，先拿出安石溪的畫，又搬出司南，還手抄《禮記》，現在又要看她的畫，老太太不心軟都難。

他放下筷子，哼了一聲：「隨你們。」

後來，郭管家將餐廳發生的事告訴司羽和安潯。司羽輕輕一笑，只說了句：「謝謝，老郭。」

安潯瞪大了眼睛看著他：「沈司羽，你找了多少人幫忙？」

「安潯，是因為妳夠好。」

午餐的時候，安潯被請到餐廳，她的椅子擺在司羽的旁邊。沈老夫人入座後，看到她，竟然寒暄了一句：「睡得怎麼樣？」

安潯並沒有別人以為的那樣受寵若驚，她點點頭，回答道：「挺好的。」

沈老夫人也點了下頭，隨即又問司羽：「安石溪是你祖父最喜歡的畫家，當年託人請他畫一幅畫，他以封筆為由拒絕了，絲毫不給面子，你們是怎麼辦到的？」

司羽輕笑著說道：「自家孫女請爺爺畫畫，應該不會有爺爺會拒絕吧。」

沈老夫人驚訝地看向安潯，問：「妳爺爺是安石溪？」

安潯「嗯」了一聲，看了看司羽，說道：「祖父很喜歡司羽，他知道我要拜訪沈家，說什麼都要讓我帶一幅畫來。」

「來，妳坐我旁邊來，妳的毛筆字也是他教的嗎？」沈老夫人擺手要安潯過去。

這晚，安潯心情極好，司羽賴在她房間不走她都沒趕人。

安潯坐在沙發上，隨意翻著司羽拿來的書，說道：「司羽，你奶奶挺好哄的。」

司羽坐在她身旁，看著在看書的她：「是啊。」

「她看起來嚴肅，其實非常慈祥。」翻了一頁，她繼續說。

「嗯。」

「你們家其他人也都很友善。」她繼續翻頁。

「對。」

「你父親今天還主動和我說話了。」說到這裡，她從書上抬起頭，輕笑一下，「問我房間冷不冷。」

「真不容易。」

「還有……」安潯重新將視線放回書上，剛想繼續說，司羽伸手一把抱起她：「安潯，妳一整晚都在說別人。」

她驚呼著被他壓到床上。司羽用食指點著她的唇，小聲說：「噓——雖然我的家人生活在英國快一個世紀了，但他們依舊很傳統、很保守。」

「那你快放開我。」安潯下意識地壓低聲音。

司羽笑，低頭吻住她：「休想。」

這個房間似乎並不常住人，床是復古的鐵製床，很會晃動，也會嘎吱作響。即使司羽說隔音效果好，安潯還是覺得心驚膽顫。

司羽卻不在乎，壓在她身上，輕輕地說：「從秋楓山下來後，我每晚都在想妳。」

安潯臉皮薄，聽不得這種話，轉頭看向一邊。

因為傭人睡了，沒人管壁爐，安潯又不太會弄，只能眼睜睜地看著爐火一點點熄滅。房間裡的燈光太亮，晃動中她感覺光影在自己眼前形成一束一束白光，到後來，眼睛都有點花了。她將視線移到上方的男人身上，他的眼神，那麼肆無忌憚。安潯後悔自己打開所有的燈，燈火通明的房間裡，自己無所遁形。

後來的後來，精疲力盡，但司羽似乎還不知饜足，纏著她親吻、擁抱。

睡時已是後半夜，他拿了熱毛巾幫她擦身體。安潯依稀記得，他握著自己的腳踝輕柔地親吻，聲音性感得一塌糊塗。他說：「第一次見到妳的時候，這裡戴了條細細的鍊子，隨著妳的腳步晃動，閃閃發亮，特別美。」

在約克郡的第四個清晨，安潯的感覺並不美好，一是因為壁爐的火熄了，房間太冷，她不想離開被窩；二是因為遠處矮桌上的手機一直在響，她必須離開被窩去拿手機。

司羽的手臂搭在她的腰間，從她身後摟著她。安潯被鈴聲吵得心煩，剛準備拉開他的手下床，卻被他摟得更緊。

「我去接電話。」她側了側頭，對他說。

司羽摩挲著她的頸間，用那清晨特有的沙啞嗓音說：「別管了。」

誰知電話那頭的人不知疲倦地掛斷，又打了一遍，安潯轉過身，推了推司羽：「你去接。」

他不動，只說：「冷。」

「那我去。」安潯作勢要下床。

司羽按住她，不滿地在她肩頭輕輕咬了一口後掀開被子出去。他鑽進被窩的時候帶進來一絲涼氣，安潯冷得打了個哆嗦。他依舊從後面摟住她，將手機放到她耳邊，告訴她：「竇苗。」

竇苗朝氣蓬勃的聲音讓這座沉穩又嚴肅的城堡多了絲生氣，她在電話那頭興奮地大喊大叫著。司羽皺了皺眉頭，說道：「要她鎮定點再說話。」

竇苗突然噤聲，隨即問道：『誰在說話？』

司羽與安潯的姿勢親密，竇苗的話聽得一清二楚，他說的話竇苗自然也聽得見。

「我啊。」安潯說。

『妳別騙我，是男人。』竇苗無比肯定，『是沈司羽！』

安潯沉默了，心想她怎麼知道的，不過是前些天在機場被人拍了兩張照片，她看了留言，很多人說他們可能只是關係比較好而已。

『安潯，我以為沈司羽只是妳的模特兒。妳從來沒跟我提過他，怎麼突然就見家長了？』竇苗無比激動，『我早上起來看到那麼多留言差點嚇到，我忍了一上午，算好時間才打電話給妳的，沒吵到妳睡覺吧？還有，下次再這樣能不能先知會我一聲，讓我有個心理準備。』

安潯想要掛斷電話，因為她很想睡，而且完全不知道竇苗在哇啦哇啦講什麼。

司羽見她迷迷糊糊的樣子，伸手將電話拿走，對竇苗說：「是我發的，她不知道。」

電話裡聒噪的聲音終於停下來了，甚至可以說是鴉雀無聲。安潯曾試過各種方式讓竇苗閉嘴，卻都以失敗告終，而司羽，只隨便說了一句話……

安潯回身看他，莫名有點崇拜。

司羽見竇苗半天沒說話，伸手掛斷了電話，低頭問安潯：「要接著睡嗎？」

安潯將手機拿回來，狐疑地看了司羽一眼，隨即打開社群：「你做了什麼好事讓竇苗像發瘋了一樣？」

「只是宣布了一下我的歸屬權。」他淺淺笑著。

安潯一下子就找到他發的貼文，因為不管他發什麼都會成為熱門話題。

一張配圖，是昨晚在餐廳吃晚餐的照片，長桌周圍坐滿了人，個個端莊肅穆，看起來家風嚴謹，主位坐著司羽的祖母，安潯和司羽坐在她左側下首。照片中的安潯，正乖巧認真地聽著祖母與自己說話，而司羽則歪著頭目光灼灼地看著安潯。

配圖上方只有三個字：見家人。@安潯工作室

真有他一貫的風格。

因為他的那個帳號一直是竇苗在管理，上萬網友分享，竇苗有點承受不了，所以瘋了。

「什麼時候發的？」安潯看了照片的角度，應該是郭管家照的，這說明司羽蓄謀已久。

他抵著她的額頭，回答道：「昨晚妳睡了之後。」

司羽很少在網路上發文，除非非常必要，比如澄清一些莫名其妙的緋聞。

他本以為自己只是一個現象，過去了便不會再有人提起，畢竟自己不是明星，沒有新聞

也就沒有關注度，但他發現，事情似乎不像他想得那麼簡單，他沒有新聞，別人卻會用他來製造新聞。

安潯瀏覽，發現司羽竟然回覆了一則留言。

有人問他關於之前那個女演員的事，他回答：不認識。

隨後安潯又看到一則置頂的熱門留言：『戀情公布都已經六七個小時了，安潯那邊絲毫沒有動靜。安大畫家有點高冷啊，心疼沈醫生。』

安潯看了默默穿衣服的司羽一眼，心生愧疚。

司羽見她看著自己，一邊扣著襯衫鈕釦一邊說：「要是讓他們發現我昨晚在妳這裡睡的，免不了要被教訓一頓，所以我要回去裝裝樣子。寶寶，我不能陪妳了。」

安潯笑，想像不出他低著頭被長輩教訓的樣子。

司羽將安潯的手機沒收：「不許看了，梳洗一下下樓吃早餐。」

安潯躲在被子裡伸手要手機，說：「要看，給我。」

司羽見她嘟嘴撒嬌，過去親了一口，才把手機給她，隨後將她的衣服撿起來放到床上，知道她害羞也不說破，只道：「等一下來找妳。」

郭管家起得早，正在三樓走廊上檢查環境整潔，司琴來喚安潯吃飯。司羽一打開門，三人猝不及防地視線相接，都是一愣。

郭管家立刻明白了，羽少爺這是準備逃離「犯案現場」！

司琴見司羽拿著衣服、穿著拖鞋，一副剛起床的樣子，驚訝得瞪大眼睛。這要是讓家裡那些保守派知道了，免不了要輪番轟炸。

司羽淺淺一笑，對兩人做了個噤聲的手勢。

郭管家表示自己會守口如瓶。司琴聳聳肩，說道：「我什麼都沒看到。」

用早餐的人不多，就連沈老夫人都沒下樓，所以餐桌上的氣氛相對輕鬆。

司羽牽著安潯出現時，Cora 舉著手機對兩人笑：「我看到了，不過把我拍得有點醜。」

司羽看向郭管家。

Cora 立刻明白他的意思，也順著他的目光看去：「郭管家，你要多練習一下拍照技術。」

郭管家尷尬一笑，心道：羽少爺，你這樣對我，還想讓我幫你保守祕密嗎？發覺 Cora 的目光依舊在自己身上，郭管家輕咳道：「羽少爺只要求我把安小姐拍得漂亮些。」他的意思是，別人都是陪襯。

在座的人全都轉頭看向安潯和司羽。司羽抬眼看了看郭管家，郭管家假裝很忙的樣子。安潯一隻手梳了梳頭髮，另一隻手偷偷在桌下捏著司羽的手臂。

二月中旬的英國已經過了最冷的時節，但潮溼多雨，太陽難得露臉。吃過早飯，司羽吩咐郭管家把安潯房間的壁爐點燃，安潯卻說：「不用了，我想出去轉轉。」

「今天有小雨。」天氣太陰冷，下了雨後或許還會結冰，司羽擔心她會感冒。

「司羽，約克郡太美了，而且我想看看你從小生活的地方，想知道你在哪個小學上課，在哪個草地踢球，在哪個咖啡館對女孩表白。」

郭管家繼續默默站在一旁，心想：這個安潯小姐有點厲害啊，說話動聽，音調婉轉，再加上那熠熠生輝的眼眸……

果然，羽少爺神色瞬間柔軟得一塌糊塗，只聽他說：「郭管家，你安排一輛車，不用司機。」

兩人上了車，司羽說：「約克郡這個季節總是陰雨連綿，幾乎不會放晴。」

安潯坐在副駕駛座滑著手機，隨意地回道：「沒關係啊。」

司羽看了她一眼，有點不滿意自己被冷落：「網路上癮。」

安潯收起手機，對他說：「有人說我高冷，一直不表態，還說要不是看到你發的照片，他們還以為沈醫生是在單戀。」

「所以妳在研究要發什麼嗎？」他問。

安潯點頭：「秀恩愛還挺難的。」

司羽將車子停到路口，拿起她的手機，選取相機，長臂一伸，她還沒反應過來，他已側頭吻住了她的唇，「喀嚓」一聲，瞬間定格。

他看了看手機上的照片，滿意地遞給她：「有什麼難的，發吧。」

安潯看了照片一眼，光影效果竟然不錯，意外地唯美。但是，她才不發呢，她把照片儲存到相簿。

抵達首府約克已是早上八點多，英國冬天白晝的時間非常短，八點多天才剛亮，車外已經下起毛毛細雨。司羽將車子停在一條街的路邊，細心地為安潯圍好圍巾才撐傘讓她下車。

雖然天氣寒冷，但雨中漫步在類似中世紀古城的機會非常難得。與愛的人自由自在地走著，偶爾與當地人擦肩而過，得到一個善意的眼神，甚至熱情的招呼，笑著說一句「這討人厭的天氣」。

英國紳士，儒雅迷人，安潯突然明白司羽的性格從何而來。

司羽帶安潯走進一條小巷子，卻依舊不放棄說服她：「寶寶，這種天氣就應該在家裡睡覺。」

她挑眉：「睡覺？」

司羽笑：「對，純粹睡覺。」

「信你才怪。」說著她突然發覺這條路非常眼熟，窄小的巷子，兩側向中間傾斜的房屋，還有腳下的鵝卵石，「斜角巷？」

「這條路的名字其實叫肉鋪街。」《哈利波特》裡的斜角巷，他沒想到安潯一下就認出來了。

這是一條常年見不到陽光的街道，也是約克郡最著名的商業街。在古約克城的眾多街道中，肉鋪街是歷史最悠久的一條，就算相比全歐洲，這裡也是保存最完整的中世紀街道。

「我可不喜歡吃肉。」安潯說。

司羽笑：「妳會發現這裡很有趣的。」

因為巷子狹窄，如果對面有人撐傘就免不了會擦撞，司羽乾脆收起雨傘，拉著安潯進入一旁一間燈火通明的小店。

店裡的老闆是位中年女人，她笑著說：「早安，先生女士，你們是今天的第一位客人，盡情看吧，我會算便宜點的。」

精緻的手工藝小店，滿是牛津風格的物品——陶器娃娃、木製的帆船、西洋棋、紅酒瓶塞……琳琅滿目的商品堆滿了不大的店面。

安潯一個一個看著，司羽卻一反常態地流連在首飾攤。但凡與純手工沾上邊的東西，都會貴得有些離譜，但司羽挑了一條細腳鍊，和那些金碧輝煌的珠寶店裡的相比，還是便宜許多。

「這三顆瑪瑙是我丈夫在非洲淘來的，我從沒見過顏色這麼純正的瑪瑙，你的眼光不錯。」店主似乎太過多愁善感，不捨地看了看那條鍊子，「我都快對它有感情了。」

細細的白金鍊子上只墜了小小的三顆紅色瑪瑙，正如店主所說，非常純正的紅色。司羽將鍊子搭在手心細細地看著，然後回頭看安潯，似乎已經看到這條鍊子戴在她腳踝上的樣子。不知道是她雪白的肌膚襯得瑪瑙更紅，還是嫣紅的瑪瑙會襯得她的膚色更加雪白。

安潯看向司羽，又看了看他手中的紅色瑪瑙，用中文說：「送我的？」

「喜歡嗎？」他伸出手指，讓她看看掛在他手上的細鍊子。

安潯點頭。

司羽彎腰蹲下，仔細地幫她繫在腳踝上。安潯看著昏黃燈光下司羽的側臉，心中感觸頗深，這個男人啊！

安潯發現，這條街肉鋪很少，倒是有很多賣糖果的店。透明的玻璃瓶裡裝著花花綠綠的糖果，看起來美味又誘人。可惜家裡沒有小孩子，安非也已經過了吃糖果的年紀。

司羽帶她去一個可以做手工巧克力的糖果店，告訴安潯，巧克力可以現做現吃。

「你不要騙我，巧克力也可以現做現吃？」

「當然，比超市裡賣的香很多倍。」司羽說著招呼服務生過來。店主從裡間走出來見到他，立刻過來打招呼，問他為什麼這麼久沒來。

店主是一位三十多歲的英國男人，留著絡腮鬍，看起來很親切。

司羽說自己搬去中國，還介紹了安潯，說是未婚妻。安潯沒有看他，其實心裡偷偷因他擅作主張的稱呼而高興。

店主很熱情，稱讚了幾句美麗的東方小姐，便開心地去為他們做巧克力了。

安潯選了一些糖果，雖然她不太喜歡甜食，但這些東西實在太可愛。女人有時候買東西確實不太理智，再加上有一個寵她的男友，就更加肆無忌憚了。

服務生幫他們把東西裝好，又與司羽寒暄了兩句。安潯這才發現，竟然連服務生都認得他。

「其實你上課的小學、玩耍的街道、踢球的草地我都可以不看，但是你要告訴我，這滿是少女心的巧克力店你為什麼經常來？」安潯並不是興師問罪，而是好奇，或者是最近太幸福了，她有點想自虐，「你在這裡對女孩表白過嗎？」

司羽淺淺笑著。店主像是算準了時機，適時地端上很多巧克力，各種形狀，顏色也很多，香氣四溢。安潯鼓了鼓臉頰：「我感覺自己會變胖不少，而且這些根本吃不完。」

「這還不是全部。」店主對她眨眨眼睛便又消失了。

不久店主又端了滿滿一盤回來，很快她的面前便擺滿了各式各樣的巧克力，竟沒有一個是重複的。

「司羽……」安潯無奈地輕笑，「你包下了整間店嗎？」

司羽拿起一塊咬了一口，他不像安潯，含在嘴裡等巧克力慢慢融化，而是慢慢咀嚼著嚥下。再抬眼看向她時，眼中多了幾分認真，他說：「安潯，英國有很多教堂，而我也已經二十七歲了。」

安潯拿著巧克力，愣愣地看著他。

「原本覺得妳還小，我可以再等等，可是我發現自己比想像中的還要急。」他垂下眼眸輕笑一聲，再抬眼時又是那深情的神色，「等妳畢業好嗎？畢業後就嫁給我。」

安潯沒有絲毫心理準備，沒想到司羽會突然求婚，他本來不是還不想出門嗎？瞬間的驚訝過後，她的眼眶開始發熱，他們認識並不久，卻又彷彿已經在一起很久很久了。

她吸了吸鼻子：「沈司羽，你怎麼這麼小氣，拿一堆巧克力向我求婚。」

司羽頓了頓，隨即站起來走到她身後，將她脖子上的項鍊解開。戒指從鍊子的一端滑入他的手心，修長的手指撫摸著帶有她溫度的戒指。

「我只在這裡跟女孩子表白過一次。」他認真地看著她，然後慢慢單膝跪地，「就是現在，我要向妳求婚。安潯，原諒我臨時起意，只有這些巧克力和我愛妳。」

安潯還記得初次見面時他坐在黃椰子樹下的身影，那樣隨意安然，當時自己或許有心動，也或許沒有，但她確實半晌沒有移開視線。畫畫久了，她習慣觀察一切美好的事物和景色，或許是看得太仔細，到現在那幅景象依舊歷歷在目：他的髮絲垂在額角的形狀，睫毛的長度，以及那副耳機的顏色……

那夜，他在凌晨為自己做飯，那是那些天來她吃的第一頓像樣的飯菜。然後他又幫她爬樹，讓她隨意許願，還當她的模特兒……不管她提出什麼要求，他都能滿足她。日本、春江、義大利、英國，都留下了他們的足跡。

幸福嗎？答案似乎顯而易見。

也許過幾年、十幾年，甚至幾十年，今天這個場景她都不會忘記。

外面的天氣冰冷陰沉，淅淅瀝瀝地下著細雨。她坐在一家糖果店裡，周圍是五顏六色的糖果罐，面前堆滿了各式各樣的巧克力。小店明亮溫暖，空氣中有巧克力的香甜氣息。而沈司羽，目光堅定而溫柔，手裡拿著那枚戒指，單膝跪地。他說他比想像中著急，他說等她畢業就結婚，他說他愛她。

去年年末，她決定嫁到易家，以為是逝去母親的遺願，可是後來她後悔了。

今年初始，她決定嫁給沈司羽。這是她自己的意願，她想自己不會後悔，相信自己，也相信沈司羽。

視線越來越模糊，她努力眨了眨眼，想對他笑卻又有些緊張，也許他也很緊張。她伸出手，他握住，將還有餘溫的戒指套進她的無名指。

他沒有立刻起身，而是低頭輕吻她的手指，再抬頭時，眼中滿是感動。

安潯不是一個喜歡說情話的人，她性格中有東方人的內斂，但這種時刻，這種氣氛下，情話也就自然而然脫口而出了。

她說：「沈司羽，我也愛你。」

外面的雨漸漸變成了雪，幾片雪花飄飄蕩蕩地落下，貼在玻璃窗上，是清透又乾淨的白色。行人收起雨傘歡呼著伸開雙臂，情侶在雪花中合影留念……

甜品店內，暖黃色的燈光籠罩下，安潯周身一片暖色。

她對他笑著，一切都那麼美好。

司羽摟住她，低頭輕輕親吻。

昏暗的小巷因為飄落的雪花變成明亮的白色。

——《汀南絲雨》正文完——

番外

春江日暖

「你想去中國嗎？」沈司南問沈司羽。

司羽聳了下肩，無所謂地說：「隨便。」

「我想去，我喜歡東方女孩，聽說她們內斂又害羞。」司南指了指牆上掛的一幅有些古老的水墨畫，「像這樣的。」

司羽抬頭看了一眼，笑了一下，覺得沒什麼興致。

二十一世紀初，因為中國大陸經濟起飛，沈家將投資重心從歐美轉移到中國。

這年秋天，沈司南和沈司羽隨著父母離開了生活十六年的英國約克郡，來到春江，一個經濟發達的沿海城市。

沈先生原本想為他們找一所優秀的私立高中就讀，可那時候的春江，私立高中烏煙瘴氣，比較理想的還是公立學校。

兩人第一天上學是在十月中旬，雨後天氣驟然變冷，沈家派車子將兩人送到校門口，郭祕書緊張兮兮地拿圍巾給司南，司南一臉抗拒，覺得他太誇張。

司羽接過去幫司南圍上，警告似的看了他一眼，彷彿在說——你敢拿下來試試看。

每次發生這樣的事，司南總想叫他哥，你才是我哥！

因為正值上學巔峰，大門口學生很多，沈家的車子不算低調，兩人剛走下車就引來眾人駐足。個子高高、模樣俊俏的年輕男孩，而且還有兩個，長得一模一樣，出現在這樣一所嚴肅、認真又無聊的學校裡，造成不小的轟動。

司羽環顧四周，轉頭看向司南，說：「有句成語……」

司南撇嘴輕笑：「鶴立雞群。」

他的話音剛落，旁邊走過的一個女孩突然頓住。她慢慢地回頭，一張素白小臉清秀乾淨，嘴唇緊抿著看向司南，臉頰鼓鼓的像是在生氣。她問：「你說誰是雞？」

她看起來雖然氣呼呼，但聲音軟綿綿，十分悅耳。

說完後她好像意識到什麼，臉頰慢慢變成粉紅色，一雙水汪汪的眼睛瞪得更大，越發生氣了。

從小生活在國外的兄弟兩人雖然接受過傳統文化的薰陶，但是對所謂的話外音卻是無法理解，也不懂她為何生氣。司羽完全沒有要理女孩的意思，司南卻饒有興致地看著眼前漲紅臉的小女孩，心想：果然如傳聞一般，容易害羞。

然後，他彎起嘴角，朝女孩露出一個友好的笑容。

司羽拍了拍司南的肩膀，像是在說「祝你好運」，然後自顧自地走向校園。

司南打量著女孩——綁著簡單的馬尾，穿著寬大的校服。這樣的東方女孩，好像跟自己想像的不太一樣。為什麼沒有穿裙子？

「我也要穿嗎？妳那種衣服。」司南皺眉指了指她的校服。

女孩奇怪地看了他一眼：「當然。」

「可以不穿嗎？」很醜……

「可以。」她不準備和這個奇怪的男孩繼續聊下去，邊轉身邊說，「然後訓導主任每天都會抓你。」

「訓導主任是什麼？」司南兩步追上她，十分好奇。

女孩再次停下腳步，疑惑地看著他。

「他為什麼要抓我？」

女孩終於察覺到不對，問道：「你從哪裡來的？」

「英國。」

她了然地點點頭，思考著該怎麼和他解釋訓導主任這種讓人既敬畏又討厭的存在。

半晌，女孩說：「訓導主任就像是霍格華茲的石內卜教授。」她想，每個英國人應該都看過《哈利波特》。

司南立刻就懂了：「好凶啊……那就穿吧。」

女孩被他認真害怕的樣子逗笑，剛剛還在生氣的眼睛立刻彎成了月牙。

這是沈司南和鄭希瑞第一次相遇，很普通的開始，很普通的聊天，很普通的關係。

英國的課程和中國的相差很大，尤其是數學，司羽學起來都有些吃力，更別說不學無術的司南了。上學第二天，沈司南就交不出作業，來收習作簿的是班長兼數學小老師的鄭希瑞。

「不交作業會怎麼樣？」他問鄭希瑞。

鄭希瑞認真想了一下：「老師會找家長來談吧。」

「那還好。爸爸、媽媽誰來都可以嗎？」司南鬆了一口氣。

鄭希瑞從沒遇過這麼不在乎「找家長」的，很多學生都把「找家長」當作奇恥大辱。她猶豫了一下，問道：「你是不會寫嗎？」

司南點頭：「這些問題太難了，昨天司羽都寫到大半夜。」

鄭希瑞看了司羽的習作簿一眼，又看了看不遠處奮筆疾書抄作業的幾個男同學，奇怪道：「沈司南，你為什麼不抄你弟弟的作業？」

司南皺眉：「抄？我不會做這種事。」

鄭希瑞深深看了他一眼，收了司羽的習作簿後轉身離開了。

那天數學老師並沒有找司南的家長，還在課堂上誇獎了沈司南，誇讚的理由是——誠實。

然後，老師要他放學後留下來，並要鄭希瑞教他功課。

「妳是認真的嗎？」沈司南拿著書包準備放學回家，卻被鄭希瑞攔在門口，很詫異。

「老師要我負責教你數學。」鄭希瑞張開雙手攔住他，一字一句強調。

沈司羽不打算陪沈司南一起補習，垂眸瞥鄭希瑞一眼，冷冷淡淡地說：「讓一下，我要出去。」

鄭希瑞抓住沈司南，反而讓沈司羽離開。

沈司南：「……」

他是怎麼被這個女同學盯上的？

「喂，司羽。」

司羽頭也不回地說：「好好跟你的東方女孩學數學，晚一點再派司機來接你。」叛徒！

那天，鄭希瑞像個老師一樣拉著司南惡補數學，沈司南非常不配合。他自顧自地玩電動，把鄭希瑞晾在一邊，直到鄭希瑞突然不再說話，他才抬頭看她。

鄭希瑞鼓著臉頰、眼含淚水瞪著他，似乎非常委屈……

沈司南緊張了，他從未見過這麼愛哭的女生：「喂，喂，sorry啊，別哭，我學。」

結果，她不僅沒把眼淚收回去，甚至還嘩啦啦掉了下來。沈司南慌了，不知道怎麼辦，手忙腳亂地去找面紙。

「我都沒吃飯，教你功課，我好餓啊，你還不理我……」鄭希瑞邊哭邊說，雖咬字不清，但沈司南還是聽懂了，自己真是混蛋。

司羽不知道什麼時候來了，靠在教室門邊，雙手插在口袋裡：「沈司南，回家了。」

「司羽，你看她怎麼哭了？」司南見到他，忙說，「我搞不定，你過來。」

司羽不耐煩地看了鄭希瑞一眼：「媽說你再不回家吃飯她就要親自過來了，而且她已經打電話給老師，以後你都不需要課後輔導了。」

鄭希瑞擦了擦眼淚，拿起課本書包，邊抽泣邊衝出教室，走到門口時，還不忘對沈司羽說：「我討厭你們，尤其討厭沈司南。」

沈司南：「……」

沈司羽似笑非笑地問他：「這就是你說的東方女孩？」

「是，可愛嗎？」

「呵。」

司南再次和鄭希瑞說話是在週五的體育課上。

那天，鄭希瑞坐在看臺上，司南從隊伍中走出來，雙手插在口袋裡，悠閒地走上看臺，坐到她身邊。

「妳怎麼不上體育課？」司南歪頭看她。

鄭希瑞不想理他，但見他微微笑著，十分友好的樣子，臉突然一紅，低頭盯著腳尖，不說話。

「那天對不起，我太不尊重妳了，而且很沒禮貌。」他真誠道歉，說話時，好看的眉眼彎彎地凝視著她，很有耐心地等她回答。

她匆匆瞥他一眼，隨即繼續盯著腳尖，輕輕說：「沒關係。」

司南鬆了口氣，還好，挺好哄。

「你呢？為什麼不上體育課？」鄭希瑞問他。

他聳了下肩：「我不能做劇烈運動。」

「啊，我也是。」鄭希瑞下意識地接了一句。

司南眸子一深，眉頭皺了起來，盯著鄭希瑞，壓低聲音，問：「為什麼？」

鄭希瑞有點尷尬，支吾道：「你又是為什麼？」

「因為我有心臟病。」他說。

司南說話的語氣稀鬆平常，彷彿早已習慣。

鄭希瑞瞪大眼睛看了他半晌，才回過神問道：「很嚴重嗎？」

「你們都沒發現，應該不嚴重吧。」他的語氣輕鬆自然，讓鄭希瑞在心裡偷偷鬆了口氣。

「妳呢？」

「我？」她轉轉眼珠，覺得有點難為情，好半晌才小聲說，「肚子痛啊……」

司南愣了一下，又乾咳一聲，隨即笑起來。他伸手拍了拍她的頭：「嚇我一跳，還以為妳和我一樣，幸好。」

他會微笑，會輕笑，但很少笑得這麼燦爛。深秋的陽光很刺眼，卻不及他此刻的笑容，鄭希瑞看著他開心的樣子，覺得腹痛都減輕了不少。

那是鄭希瑞第一次感受到沈司南的善良，他是那麼美好的一個少年。

那天，很多人看到沈司南和鄭希瑞相談甚歡。

於是，從那以後，給司南的情書，突然都轉送到鄭希瑞手上。剛開始鄭希瑞送情書給他還有些難為情，後來給的次數多了，也就習慣了。每次司南都會接過去，然後對鄭希瑞說「謝謝」，但她從來沒有收到他對那些信的回覆。

這一年初雪，放學的時候天已經黑了，司南和司羽正準備上車，忽然聽到鄭希瑞的聲音。她從學校門口跑過來，雪靴撲簌撲簌踩在厚厚的雪地上，毛線帽隨著跑動歪到一邊，顯得笨拙又可愛。她停在司南面前，伸手遞給他一封信：「十三班一個女生給你的。」

司南接過去，看了鄭希瑞一眼，有點不滿：「妳對別人的事都這麼積極嗎？」

「嗯？」鄭希瑞不明所以地看向他。沈司南隨手將信扔進車後座，冷冰冰道：「以後少管閒事。」

鄭希瑞眨了眨眼睛，見沈司南面色不悅，小臉一垮，低頭「哦」了一聲，轉身便走。

司羽坐進車裡，喊道：「沈司南，上車。」

外面很冷，他不希望司南感冒。

司南沒動，看著鄭希瑞的背影，見她越走越遠，忙蹲到地上捏了個雪球扔過去。鄭希瑞被打中肩膀，咬著嘴唇回頭，眼眶竟然又是紅的。

真愛哭。

司南再次有點慌，卻還是故作鎮定地扯著嘴角，故意調侃道：「鄭希瑞，妳剛才這麼著急，我還以為是妳寫的。」

鄭希瑞瞪大眼睛，臉頰早已經被凍得紅彤彤，卻依舊能看出她的臉色又紅了幾分。她說：「想得美！」

「沈司南，我再說一次，上車！」司羽的聲音又多了幾分不滿。

司南沒再猶豫，趕緊上車。如果再拖拖拉拉下去，沈司羽很可能會直接動手把他塞進車裡，這樣就太沒面子了。

他坐進後座，看了那封情書一眼，隨手塞到座椅口袋裡，問司羽：「你喜歡什麼樣的女生？」

「漂亮的。」

「你覺得鄭希瑞漂亮嗎？」

「沒注意，」司羽說完，繼續道，「不漂亮。」

「你不是沒注意嗎？」

「所以才不漂亮啊，根本沒注意到。」

沈司南卻不這麼認為，哼了一聲：「真該帶你去檢查眼睛。」

「呵，你自己先去檢查一下吧。」

平安夜這天，學校取消晚自習，提前放學。

幾個同學邀鄭希瑞去玩。她見到從教室走出來的沈家兄弟，問道：「沈司南，晚上我們要去步行街，你和沈司羽要不要一起去？」

司南見鄭希瑞一臉期待地看著自己，眼眸一暗，什麼也沒說。

鄭希瑞差點以為自己又說錯了什麼，惹這位少爺不高興了。

「不去。」司羽在後面替他回答。

「哦。」鄭希瑞又滿臉期待地看向司南，「司南，你去嗎？」

她以為司羽是說他自己不去。

司羽再說一遍：「不去。」

鄭希瑞滿臉失望。

司南和司羽是同卵雙生，有時候父母都很難分辨他們兩人。司南那天才突然意識到，從第一天認識開始，鄭希瑞就沒把他和司羽搞錯過，他說：「我想去。」

說完，司南看向司羽，又說了一遍：「我想去。」

那天，因為司南無論如何都要去，司羽只好陪著他跟班上幾個同學去了步行街，參加音樂會，吃路邊攤，買沒有用卻設計獨特的小物，擺出各種姿勢拍照……

這些都是他們不曾有過的體驗。

那晚，他們去了一家酒吧。幾個同學說過節要有氣氛，便抱著嚐鮮的心態，想點瓶酒嚐嚐味道。

點餐的服務生見他們都只是學生，出言勸阻，結果這群孩子居然說要找店長評理——哪有人點餐還拒收的。

服務生無計可施，只好推薦他們一款低酒精的水果酒。

酒端上來，服務生打開瓶蓋，將擺好的酒杯一一斟上。司南和鄭希瑞，還有那幾個同學全程緊盯，一臉躍躍欲試的表情。

司羽警戒地看著司南。司南才將手伸向酒杯，他立刻就搶先一步把酒杯沒收。

司南很生氣：「沈司羽，你比醫生還討人厭。」

「隨你怎麼說。」說著司羽將兩杯水果酒喝掉，還挑釁地看著他。

鄭希瑞見司南不高興，小聲抱怨：「讓他嚐一嚐嘛，你怎麼兩杯都喝掉！」

沈司羽充耳不聞。

司南反而安慰她：「沒關係，不喝就不喝，別理他。」

鄭希瑞替他覺得委屈，半晌，她突然端起酒杯離開座椅，看著司南說：「沈司南，你陪我去洗手間好不好？」

司南挑眉，還以為自己聽錯了：「我？陪妳去洗手間？」

鄭希瑞肯定地點點頭。

不知道哪個同學吹了聲口哨，鄭希瑞抿了抿脣，眼神飄忽不定。好在司南沒再問什麼，抬腳陪她朝洗手間方向走去。

兩人走到轉角處，鄭希瑞躲到一棵大盆栽後面，伸出藏在袖子裡的手，白嫩的小手握著一個小酒杯。

她小心翼翼地看了看外面，見司羽沒有跟來，壓低聲音說：「喝我的，快，別讓沈司羽發現。」

司南詫異地看向她，半晌，問道：「妳要我喝酒？」

「不可以嗎？一點點應該沒問題吧？」她瞪著大眼睛，求證似的看著他。

「妳說得對，一點點沒問題。」司南說著，將杯子接過去。他晃了晃裡面的藍綠色液體，抬頭看向鄭希瑞，發現她像做賊一樣，轉著眼珠盯著外面，不自覺低笑一聲，微微仰頭喝了一口。

鄭希瑞立刻問：「好喝嗎？」

司南點頭，把杯子裡的酒全喝了。

那是他第一次喝酒，甜中帶著澀、辣，還有刺激。

然後兩人相視而笑，越笑越開心，因為他們偷偷做了壞事沒被人發現，有點小得意，有點小驕傲。

鄭希瑞將酒杯藏到盆栽裡，怕司羽過來找人，兩人不敢多待。正準備要走，司南拉住鄭希瑞：「等一下，妳聞聞我有沒有酒味？」

鄭希瑞回頭，便見司南將臉湊過來。她腦袋「嗡」的一聲，整個人愣在那裡。司南停在離她很近的地方，輕輕朝她吐了一口氣，眼眸亮晶晶地看著她，詢問道：「有嗎？」

鄭希瑞彷彿被點了穴道，一動也不動地看著他，臉漸漸變得燥熱。好半天，她才手足無措地說：「有……」

「班長，你們在這裡幹什麼？」司南還沒說話，身後就有人叫住他們，是一起來的同班同學。

司南看了鄭希瑞一眼，認真地說：「在討論喝酒會不會臉紅的問題。」

「會嗎？」同學天真地問。

「會啊，你看她。」司南指了指鄭希瑞，然後輕笑著走了。

那天，司南和司羽回到家已經過了十二點，司南還帶著酒氣。

沈父大發雷霆，要郭祕書拿鞭子來，指著司羽，怒道：「你們去幹什麼了？你怎麼能讓司南喝酒？」

司羽直直地站在那裡，不說話。

沈父要郭祕書把司南送回房間，司南不走，郭祕書要傭人強行將他帶走。司南第一次激烈反抗，憤怒喊道：「為什麼不罵我？街是我要逛的，酒是我要喝的，不關司羽的事！」

「你別生氣，我只是和你弟弟談談。」沈父見沈司南臉漲得通紅，忙將鞭子遞給郭祕書，「收起來了，我不打司羽。」

那晚，沈母看著司南入睡才離開。

司南見她離開，披了衣服也走出房間，來到父親的書房門口。他本想幫司羽說些好話，可聽到房間裡的對話後，便生生停住開門的手。

那晚，他不知道自己在門口站了多久，直到樓下大廳的時鐘響起他才意識到已經半夜兩點了。他拉了拉衣服回到房間，一夜無眠。

第二天早上，雪又下了起來。

因為司南前一天喝了酒，沈父怕他身體出狀況，便叫醫生來家裡為他檢查，司羽則獨自去學校。

司南站在大大的落地窗前，看著外面撲撲簌簌的雪花，問坐在沙發上看報紙的父親：

「您覺得我和司羽誰更聰明？」

沈父頭也不抬地回答：「都很聰明。」

「那您覺得我能管理好沈洲集團嗎？」

沈父一愣，放下手裡的報紙，半晌，語重心長地說：「司南，你只需要開心過日子就好。」

「不，我要當沈洲的總裁。」

這年，他才將滿十七歲。

司南到學校的時候，第二節課已經開始，糾察隊在學校門口抓上課遲到的學生。司南在大門口下車，剛要走進去就被人拉住。

鄭希瑞頭髮有些凌亂，背著大書包氣喘吁吁地說：「被抓住要在門口罰站的。」

模範生竟然也會遲到？司南好笑地看著她：「罰站嗎？可以啊。」

鄭希瑞嘟嘟嘴：「我……不要。」

她可是班長，丟不起這個臉。

「那怎麼辦？」司南打量她，發現她一副剛睡醒的樣子。

「跟我來。」鄭希瑞帶他走到學校操場另一側，指了指典禮臺，「從這裡能爬到典禮臺上。」

司南挑眉：「你要我爬欄杆？」

他從小到大，走快一點都會有人來提醒他小心，如今，這個女孩，居然要他爬這麼高的典禮臺。很好，他喜歡被煽動做危險的事，就像她偷偷讓他喝酒，非常新鮮的體驗。刺激！

他一百八十多公分的身高可不是白長的，抬腿就能碰到橫欄，踩上去抓住典禮臺的欄杆，稍一用力就跳到水泥地上。他回身對鄭希瑞伸出手：「上來。」

鄭希瑞雖然不矮，但是很瘦，司南沒花多大力氣就將她拉了上來。她的手很小，冰涼，司南握了握，東方女孩的手，滑膩，柔若無骨。

鄭希瑞想抽回來，卻發現他握得更緊了。

「沈司南……」

鄭希瑞動不動就臉紅這個毛病，讓司南覺得很有意思。

「坐一下。」司南將書包墊在地上，轉身坐到上面。

他見鄭希瑞還站著，伸手拉了拉她：「聊一下，這裡多安靜。」

操場上一個人都沒有，天地一色，白茫茫一片。鄭希瑞坐到他身邊，覺得整個世界除了身旁這個人的呼吸聲，什麼都聽不到。

「聊……什麼？」她受不了兩人之間太安靜。

「聊聊司羽。」

「我不了解他，他很少主動說話，感覺很有距離。」鄭希瑞覺得，司羽和司南雖然長得一模一樣，但是司羽總是高高在上。

司南很贊同，因為司羽太優秀，所以年少的司羽難免有些心高氣傲。

「昨天父親對司羽說，他是要繼承家業的人，和我不一樣，對他寄予厚望。」

「……那你呢？」

「我？我是被放棄的那一個。」他原以為自己是最受寵的那一個，不會挨罵也不會挨打，甚至因為司羽遭受更嚴厲的對待而沾沾自喜，也可憐、心疼過這個弟弟。

「父親說，司羽是他最優秀的兒子。」

司南伸手接了幾片雪花，雪花在他手心慢慢化成水珠，又變成一汪水，從手上涼到心裡，一如昨晚那一抹涼意。

原來，可憐的是自己，從未被父母期望過的自己。

「那你爭取做最優秀的不就好了？」鄭希瑞說。

「我？」司南眉頭微皺。

「很難嗎？你們是雙胞胎啊，司羽能做到的，你也可以。」

司南眉頭漸漸舒展，是啊，原來不是父親看輕他，而是他從來沒有相信過自己。身體不好，他還有腦子。

司南站起身，將鄭希瑞也拉起來，趁她不注意一把摟住。

鄭希瑞僵在他懷裡，還沒做出任何反應，廣播器裡突然傳來巨大的聲響，把兩人都嚇了一跳。訓導主任氣急敗壞的聲音響徹雲霄：「典禮臺上摟摟抱抱的男女同學，你們是哪一班的？太囂張了！」

兩個人都被叫去訓導處問話。

司南說：「是我強抱了鄭希瑞。」教導主任把剛喝進去的茶水全噴了出來。

鄭希瑞連忙解釋：「他說的是擁抱，不是……不是那個……強……暴……」

那天，鄭希瑞被罰寫五千字的悔過書，而對於沈司南，學校則是找來家長，不過來的是郭祕書。在訓導主任口沫橫飛講了半個小時後，郭祕書輕描淡寫地道：「先生說，南少爺只要不是做得太過分，就請您睜一隻眼閉一隻眼。」

訓導主任生平第一次感到挫敗。

寒假轉瞬即逝，司南的改變全家有目共睹。司羽看什麼書、上什麼課，他就看什麼書、上什麼課。沈父、沈母擔心他的身體，但勸阻不得，只能縮減司羽的課程。

司羽倒是一點也不感激，只是奇怪：「沈司南，你有什麼毛病？」

「我要變優秀啊。」

司羽皺眉：「你開心快樂就好，優秀很累。」

再開學，沈司南和鄭希瑞的流言蜚語絲毫沒有減少，似乎也是從那天起，鄭希瑞不再在人前和沈司南說話。

司南有點煩。

鄭希瑞越是不理他，他越是不停找她說話。

「東方女孩果然內斂又害羞。」司南又一次向鄭希瑞借筆記被無視。

司羽看了他一眼：「你不是說你喜歡東方女孩的內斂羞澀嗎？」

「實際接觸後才發現，很頭大。」

「所以我喜歡內心強大的女生，那種淡定又驕傲的。」司羽說。

司南隨口祝福：「希望你能遇到。」

高三下學期第四次模擬考，沈司南從學年四百，考進學年前三十，成為學校有史以來最強逆襲。

這一年，發生了許多大事——地震、毒奶粉、奧運。也流行過一些莫名其妙的東西。

不知道是誰起的頭，總之辣椒雪糕在學校風靡一時，有一次一個同學分了一根給司南。司南還沒伸手接，就察覺到司羽警告的眼神，雙胞胎心有靈犀，司南很清楚司羽是在告誡他：你不要吃奇奇怪怪的東西。

司南撇嘴，雖不滿弟弟時時刻刻盯著他，但也沒拿那根雪糕。

午休時，鄭希瑞從外面回來，在門口探頭探腦，終於引起司南的注意。她眨了眨眼睛示意他出來。

鄭希瑞靠在走廊窗邊，背著光，雙手背在身後，神神祕祕的樣子。

司南走出教室，站在她跟前，伸手：「給我吧。」

「什麼？」鄭希瑞假裝不懂。

「辣椒雪糕啊。我又不是第一天認識妳？」司南勾起嘴角。他每次這麼笑，鄭希瑞的心就會不自覺地怦怦跳。

沒有驚喜，都被他猜到了，鄭希瑞將雪糕遞到他手裡：「快吃，別讓司羽發現。」

沈司南笑得像個小孩，故意摟住鄭希瑞的肩膀：「妳不是不和我說話嗎？」

鄭希瑞滿臉通紅地推開他：「你是不是又想害我寫悔過書啊！」

司南好奇地看著她：「妳這臉是什麼東西做的，怎麼說紅就紅？」

鄭希瑞的臉更紅了，假裝生氣道：「你吃不吃，不吃我沒收了。」

臨近大學考試，天氣漸漸炎熱起來，雪糕本是用來降溫的，結果因為太辣，司南一邊低笑著，一邊吃得滿頭是汗。他說：「鄭希瑞，妳看起來乖巧，但我跟妳在一起怎麼總是這麼刺激。」

大學入學考試結束後，春江持續高溫。

填志願的前一天，沈司南打電話把鄭希瑞叫了出來。

那天春江的室外溫度達到攝氏三十八度。

鄭希瑞沒有把頭髮綁起來，黑髮柔順地披在肩膀上。她終於換掉了校服，穿了一套白色連身裙，手裡撐著一把蕾絲滾邊的陽傘。司南等在遊樂園門口，借旁邊賣冰阿姨的大傘遮陽。鄭希瑞出現在他眼前時，他呆呆愣了半天。

是他喜歡的東方女孩。

柔軟，清秀，害羞。

穿著好看的裙子，站在陽傘下，青澀地對他笑。

因為天氣太熱，兩人早早結束了遊樂園之行，一整個下午都坐在冰品店，點了一桌子冰淇淋、聖代和雪糕。鄭希瑞把每種口味都吃了一遍。她負責吃，他負責點。

傍晚要回家前，司南問她：「妳要填哪所學校？」

鄭希瑞猶豫半晌，回答：「我爸要我去麻省理工學金融。」

司南眸光一暗，抿緊著唇沒說話。

「你呢？」鄭希瑞問。

司南回答：「留在春江，去財經大學。」

他的父母不允許他離家太遠，他的身體也不允許他獨自去國外留學。

後來兩人各懷心事，沒再說什麼，默默地分手告別。

當晚，沈司南回到沈宅，便要求去麻省理工。經過一晚的討論，沈父終於鬆口，同意司羽和司南一起去麻省理工，同時還有一個醫療團隊跟著。

拿到錄取通知書的時候已經快八月，鄭希瑞卻拿到財經大學的錄取通知，沈司南知道後差點沒把她的通知書撕了。他第一次對鄭希瑞發脾氣：「妳是傻子嗎？妳不是要去麻省理工？」

鄭希瑞不明所以，紅著眼睛、咬著唇小聲說：「突然不想去了。」

當晚，沈司南回到沈宅，說什麼都不去麻省理工了。沈父難得對他動怒：「你已經不是小孩子了，要對自己的決定負責，也要為自己的未來負責。沈司南，如果你這麼不成熟，就永遠不會是讓我驕傲的兒子！」

同年九月，沈司南和沈司羽一起去了麻省理工，鄭希瑞留在春江。

出發的那天，沈司南打電話給鄭希瑞，一再強調：「妳不要來送我。」

鄭希瑞委屈地「哦」了一聲。

大學課業並不比高中輕鬆到哪裡去，尤其是金融系。司南不顧身體，一年修了別人兩年的課程。

那一年，司南幾次心臟檢查的結果都不是很穩定，沈父勒令他退學回春江，還差點親自去美國抓人。

那一年，沈司南沒回春江，也沒見鄭希瑞。

大一下學期期末，鄭希瑞寄了封郵件給沈司南，內容很簡單，只有一句話：我要訂婚了。

沈司南第一時間打電話過去：「誰？」

『不知道，沒見過。我父親生意上往來夥伴的兒子，家境殷實，郎才女貌，門當戶對。』

除了這些，鄭希瑞對對方一概不知。

沈司南幾乎要懷疑這只是她在開玩笑，但她並不是會亂開玩笑的人。

沈司南躺在病床上，一隻手握著電話，一隻手捏著雪白的床單。若不是手指的骨節分明，那手白得幾乎要和床單融為一體。

那天，在越洋電話裡，沈司南告訴鄭希瑞自己小時候聽到的一個傳說：「很久以前，有一個獵人，他因為太愛自己的妻子，每次出去打獵之前都把妻子留在密閉的房子裡，以免她受到傷害。有一次他迷路了，離開很久很久才再度回到家，懷孕的妻子已經餓死了。獵人傷心欲絕，把自己與妻子綁在一起，點燃了房子。後來兩人變成一對犀鳥，比翼雙飛，形影不離。但是變成雄犀鳥的獵人仍舊不改，在雌鳥孕育兒女期間，還是將她留在封死的樹洞中……」

『是要我做閱讀測驗嗎？』鄭希瑞奇怪地問。

「這是我母親告訴我的故事，她好像很羨慕嚮往。」

『蛤？』鄭希瑞很驚訝，一個淒慘的故事，怎麼會有人嚮往。

「我父母就是家族聯姻，沒有愛情，相敬如賓，互不關心，除了必要的正事，幾乎從不交流。她已經沒有選擇的機會了，可是妳有。」

司南掛掉電話，心情很是落寞。他想快點回去，想回到她身邊。

可是他連自己會不會有未來都不知道，怎麼敢許她一個未來！

那年八月，沈司南和沈司羽一起回到春江。

父親告訴沈司羽，他將要和威馬控股董事長的獨生女訂婚。

「我拒絕。」司羽直捷了當。

沈父更直捷了當：「沈司羽，這件事沒有你說話的餘地，你無法想像和威馬控股聯姻後，沈家在亞太區的勢力將會多麼強大。」

「關我什麼事？」沈司羽雖然被寄予厚望，但他卻有自己的打算，從不屈服。

沈父氣到喊郭祕書拿鞭子，沈司南突然問：「威馬控股董事長的獨生女叫什麼名字？」

「鄭希瑞。」沈父奇怪地看著他。

司南聽到這個名字的瞬間，氣到踢翻腳邊的紅木矮凳：「為什麼是沈司羽？沈司羽根本不喜歡她！」

「對，所以我拒絕！」司羽看著沈父，一副沒得商量的樣子。

「你們兩個是要造反嗎？」沈父拍向桌子，「你沒權利拒絕！郭祕書，把司南送回房間。」

又是這樣，司南絕望地看著他的父親和弟弟，情緒來到暴怒邊緣：「沈司羽，為什麼什麼都是你的？在母親肚子裡的時候，營養都被你搶走了，結果我的身體變成如今這個樣子！現在又是鄭希瑞……」

司羽詫異地看向他，半晌，沉下眸子，眉頭緊鎖，冷聲道：「沈司南，你知道你在說什麼嗎？我給你一次機會，把剛才的話收回去。」

「我不收回。」司南急紅了眼睛。

司羽沉默良久，才沉聲道：「沈司南，你會後悔的，你以後一定會後悔說出這樣的話。」

他不是在威脅司南，而是在陳述事實，像大人看著不懂事的小孩一樣。

其實司羽說得很對，司南幾乎是話才出口就後悔了。但他卻沒有道歉，而是抬頭對父親說：「父親，您安排手術吧！」

司羽聞言一驚，不敢置信地看著司南。司南從來沒動過手術，是因為還不到非動手術不可的地步，而且，手術風險太大，沈家人不願冒險，害怕司南在手術臺上就此沉眠。

沈父沉默良久，才道：「你真的要做？」

「是的，父親，我一定會活下來，因為我要成為沈洲的繼承人。」司南與沈父對視，毫不退縮。

沈父看著司南，他身材修長，劍眉星目，除了一絲病態的蒼白，幾乎和正常的孩子無異。沈父像是今天才認識自己的兒子，思索許久，說：「好，我去安排。你自己去和你母親說，手術的事不要告訴你祖母。」

司南的手術很成功，經過大半年的調養，身體恢復得非常好。他強大的求生意志，連醫生都很驚訝。

而自從上次衝突之後，司羽毅然從麻省理工退學，不顧父親反對跑去日本學醫。

司南對父親說，他要去沈洲上班，他會把沈家不與鄭家聯姻的損失一點點補回來。

不到一年時間，沈司南的商業天賦便展現得淋漓盡致。在年末的董事會上，沈司南正式成為沈洲集團亞太區總裁。

正式上任後，沈司南走出集團大樓，要司機送他去財經大學。因為是午休時間，司南在寢室樓下等了鄭希瑞一個小時才見她出來。

鄭希瑞見到他，驚喜得半天才說出一句話：「司南，你怎麼來了？」

雖然兩人都在春江，但自沈司南動手術以來，他們才見過兩次，平時只有透過郵件和電話聯絡。

「鄭希瑞，我把妳的婚約搞砸了，賠妳一個男朋友吧。」司南西裝革履地靠在轎車旁，裝出一副雲淡風輕的樣子，其實內心緊張得猶如驚滔駭浪。

為了能對鄭希瑞說出這句話，他花了兩年的時間，無論是身體，還是事業，他每一步都走在刀尖上，提心吊膽，害怕自己萬劫不復！

還好，上天是眷顧他的！

鄭希瑞毫無心理準備，好久才反應過來，紅著眼睛說：「我以為還要等你很久。」

司南擁她入懷，摸了摸她的頭髮，眉目溫柔：「太久了，希瑞，妳已經等我太久了。」

沈司南的心臟出現問題是在司羽考上研究所的那年。

那年歐洲杯決賽西班牙四比零完勝義大利，司南和司羽去現場觀賽。司南本不是義大利的球迷，可賽事結束後，還沒走出體育場他便毫無徵兆地暈倒了。有義大利球迷以為他是因為輸球受了刺激，感動得為他禱告，司羽卻嚇到臉色慘白。

檢查的結果不如人意，司南沒告訴鄭希瑞，只說到國外出差，工程浩大，歸國無期。好在鄭希瑞很懂事，懂事得讓人心痛。

司南很久以前就決定，如果自己的病情惡化便順其自然，不接受手術，因為手術成功率很低，不僅自己身心受到摧殘，家人同樣要承受壓力，或許還會經歷大喜大悲。

他曾說，如果有那一天，請好好接受我的離去，我來過這個世上，已是萬幸。

後來有了鄭希瑞，他很想多給兩人一些時間，越多越好，他不能接受自己還沒開始寵愛她就要離開她。

司南再次接受手術，可天不遂人願，第一次手術失敗了，準備第二次手術期間，他回國見了一次鄭希瑞。

他坐在副駕駛座上，降下車窗對站在路邊等他的鄭希瑞說：「我要回英國了，我們分手吧，希瑞，祝妳幸福。」

他說得雲淡風輕，像是談論天氣一樣的語氣，一如他表白那天，但眼中卻沒有那天的深情。

車子直行離開，在一個路口轉彎，隱匿於車流中。鄭希瑞站在路邊，看著來來往往的車輛行人，一動也不動。

司南要司機繞了一圈又轉回來，停在離鄭希瑞很遠的地方。他坐在車子裡，看著馬路另一頭呆呆站著的鄭希瑞，覺得自己的心臟痛得快要窒息，像是有火焰在燃燒，彷彿就要炸開。

他原本想最後一次擁抱她，可他連站起來的力氣都沒有。

那天，從中午到黃昏，鄭希瑞一直站在那裡，司南便在車中陪著。他想，但凡他能踏出一步，就會控制不住雙腿過去找她。

司南在國外做第二次手術的期間，沈母打電話給他，說：『鄭希瑞每天都來，不是陪我插花，就是跟著我學茶道。我們很聊得來，她什麼都說，卻唯獨避開一個話題——沈司南。

『希瑞很聰明，她應該是猜到了什麼，她不敢問，卻又忍不住來我這裡。』

分手後的第十個月，沈司南回到春江，回到沈宅。

第二次手術成功了，恢復期一過，他立刻回國。

沈母說：「她通常下午兩點到。」

沈司南坐在客廳看文件，越是接近兩點越是焦躁，後來索性把文件扔到一邊，站到院子裡。

他很緊張，緊張到不停在院子裡踱步。

鄭希瑞很準時，兩點整，門鈴響起。

司南深呼吸一口氣，走過去為她開門。

鄭希瑞見到他，恍惚地站在門口，半天沒向前踏一步。沈司南深呼吸一口氣，拍了拍她的頭，對她扯嘴一笑，還沒說話便感覺她猛地撲進懷裡。

她不曾問一句話，只是在他懷裡輕輕抽泣，眼淚撲簌簌地掉落在他的衣袖上。

過了好一陣子，司南才聽她斷斷續續地說：「分手可以，只要你好好的。」

司南用臉頰摩娑著她的頭髮：「分手也不可以。」

那年，偉大的曼德拉先生去世，沈司南和鄭希瑞和好。

自從幾年前那一場小衝突後，沈司羽便不斷用行動告訴司南，什麼叫搶他的東西。他看上的限量款手錶、馬場的駿馬，甚至是他要送給鄭希瑞的禮物，沈司羽全部都先他一步得到。

有次司南實在受不了了，對他咆哮道：「你又沒有女朋友！」

「知道什麼叫跟你搶了吧？這才是。」沈司羽絕對是個會記仇的傢伙。

「知道了。」司南退讓，「司羽我們和好怎麼樣？」

「親愛的哥哥，我們……來日方長。」

他的「來日方長」很快就到來了。

那天，司南在一家國外的拍賣網站上看到一幅畫，名字叫〈犀鳥〉，畫上的犀鳥比他收集的任何一張犀鳥圖片都要漂亮。

結果，那幅畫被他和另一個人競標到二十萬歐元，而另一個人，就是他隔壁的親弟弟。

司南氣急敗壞，去母親面前告了一狀，才讓沈司羽收斂一些。

「這個安潯是誰？」司羽問他。

「一個畫家。」

「廢話。」

「我也不認識，就覺得她的畫很美呀。」

「可能是個阿姨。」

畫最後被司南買下，他打聽到畫上那隻犀鳥就生活在最南方的汀南市。

司南心血來潮，對司羽說：「我們去南方看看犀鳥吧，看雄犀鳥是怎麼把雌犀鳥關起來的。」

司羽說：「為什麼要看公的把母的關起來？」

「好奇。」

「無聊！」

「陪我去。」

「不。」

「我想看！」

「求我。」

司南：「……」

後來司羽同意陪他去了，但醫生不同意，醫生認為若非必要，司南最好不要坐飛機。司南說去看犀鳥很必要，司羽說他有囚禁伴侶的特殊癖好。

那一年，沈家大當家沈老爺子因病在英國約克郡逝世。

沈家二伯和司南的父親都想掌管沈家的商業帝國，那段日子雙方鬧得不可開交。沈老太太聖心決斷，越過兩人將沈洲總裁的位子交給了沈司南。

他的商業天賦與能力，大家有目共睹。

那年，鄭希瑞的父親準備為司南和希瑞舉行婚禮，不過因為祖父去世不宜嫁娶，所以將結婚改為訂婚。

訂婚宴上，司南帶著希瑞翩翩起舞，白色的紗裙隨著舞步飛揚，他耳邊縈繞著希瑞的歡笑聲、親朋的祝福聲。

司南看著笑顏如花的希瑞，他想，這輩子能遇見她，真是太好了，真的是太好了！

婚宴後，司南對司羽說：「我邀請了安潯，可是她沒來。」

「安潯是誰？」

「我喜歡的那個畫家。本來想介紹你們認識，我覺得你會喜歡她。」

司羽不以為然：「你別亂操心了，你知道我的眼光。」

「說不定人家還看不上你呢。」

「呵。」

那年，鄭希瑞纏著沈司南，要為他生個孩子，司南拒絕了。他近乎偏執地做著保護措施，不管她怎麼撒嬌耍賴。

氣得鄭希瑞好幾天不理他，他哄了好久：「妳等我身體再好一點。」

其實，他們都知道，他怕他的身體突然不好。

訂婚第二年，股市暴跌，沈司南力挽狂瀾，將股市對沈洲集團的衝擊降到最低。只是那一年，他的心臟，再次出現問題。

他在醫院醒來的時候，用僅剩的力氣說：「離開春江，到希瑞找不到的地方。」

沈司南後悔了，非常後悔自己對希瑞承諾了未來。他以為他可以，卻發現，無論他怎麼努力，都無能為力。

他不應該對希瑞、對自己抱持奢望，而讓她一次次承受原本不應該承受的痛苦。

「司羽，你說希瑞遇到我，是不是很可憐？」

「……挺幸運的。」

生命中曾有一個人這麼愛她，她應該覺得很幸運吧。

很早很早以前，早在司南剛剛懂事，他就準備好隨時會離開這個世界。

那時他無牽無掛，可現在偏偏多了一個她。

離開春江的路上，司南意識模糊，朦朧間他想起年少時的約克郡，終日陰雨連綿；想起和司羽一起踢球，回家被父親斥責；想起這輩子第一次說那麼肉麻的情話。

上次手術成功回國後，他對她說：「妳不在的時候我很想妳，我就把 Siri 叫出來陪我聊天，可是她很無聊，不像和妳聊天那麼愉快。」

當時他的女孩，抱著他又哭又笑，因為激動，小臉漲成粉紅色，淚珠掛在鼻尖，在他身上蹭啊蹭的……

不過，他最清晰的記憶還是在學校門口第一次見到鄭希瑞——她穿著寬大的制服，綁著馬尾，瞪大眼睛看著他，問他：「你說誰是雞？」

那年深秋，天氣很冷，她很溫暖。

那天以後，沈司南澈底從鄭希瑞的世界消失，連一個像樣的道別都沒有，就那樣毫無徵兆、悄無聲息地離開了。

鄭希瑞早已習慣他突然離開、突然出現。

她還是像往常一樣，靜靜在春江等待，認真生活，懷抱希望。

直到，沈司南再次回到沈洲集團。

她開心地在會議室門口等他出來，想聽他說：「我回來了，親愛的，讓妳久等了。」

門打開，身材高眺、西裝革履的男人被眾人簇擁著走出來。他看到她，面無表情地一瞥，並沒有預期中的溫暖微笑。

她愣住，一瞬間，天崩地裂。

良久，她慘白的臉上扯出一個艱難的微笑，喉嚨沙啞，輕輕叫了聲——

司南。

安非記事

認識易白是在易家的一次酒會上，那時候我和安潯剛考上大學，正在放暑假。

易白大學畢業回國，他母親為他舉辦了一場歡迎會。我當時覺得他家挺無聊的，不知道的人還以為他取得了什麼傲人的成績，結果僅僅是拿到了畢業證書。

本來安教授是要安潯陪他出席，但安潯心眼太多，得到消息後，一早就跑出去寫生，安教授只好臨時抓了我這個「壯丁」。

聽說安潯生母和易白的母親是同學，以前關係挺好，後來安潯母親生病去世，往來就少了。安教授曾試圖說服安潯跟他去酒會：「妳三歲的時候去易家玩，拉著人家易白的小手怎麼都不肯鬆開，後來還咬了他的臉蛋，已經小學一年級的易白哭到喘不過氣……」

結果，安潯更不願意去了。

我覺得，我家安教授的智商，上線時非常高，下線時非常低。

我媽非要我穿西裝打領帶去酒會，後來到了易家，發現只有那些老人家才西裝革履地在別墅一樓喝紅酒寒暄，易白和他的那些朋友都在別墅後院烤肉。

我這種打扮走過去果然被他們嘲笑，尤其那個叫向陽的，他告訴我我走錯地方了。於是我當著他們一票人的面把西裝外套和襯衫都脫了，只剩下一件背心，西裝褲也挽成九分。

然後向陽就走過來，給了我一根雞翅，我就這樣認識了他們。

後來的幾年，我跟他們學會了上夜店、飆車、喝酒還有泡妞。易白總是最受女孩歡迎的那個，可能是因為他長得高高帥帥而且出手大方。

他眼光很高，一般女孩都看不上。他雖然挑剔，但不專一。

富二代的圈子，燈紅酒綠，誘惑太多，男歡女愛，今天合、明天分之類的事情時有所聞，沒有人像小女生一樣相信什麼一生一世一雙人的愛情童話，包括我。

可是安潯不一樣，她就是那種小女孩，在她面前我說她是愛情潔癖，私底下我都說她矯情。而且我不只一次勸她別把姿態放太高，那麼多喜歡她的男孩，選一個順眼的也不枉青春一場。

當時安潯瞥了我一眼，慢悠悠地說：「暫時還沒人配得上我。」

中學時期的安潯，驕傲得像一隻孔雀，年少輕狂，不可一世，最喜歡拿鼻孔看人，上大學後才慢慢收斂一些。按照安教授的說法，就是安潯見過了世面，知道人外有人天外有天。

雖然她變得低調又友善，但在我女朋友一個換過一個的時候，她依舊單身。

直到一次假期，易白母親見到安潯，喜歡得不得了，立刻回家翻出當年和安潯母親的書信，說安潯和易白有婚約在身。

我當時覺得也太好笑，安潯也當是個玩笑，可是看完書信後，她的態度就不一樣了。

後來我才知道，一涉及她的親生母親，她就會失去判斷力。

她的決定讓我們都大吃一驚——竟然同意與易白訂婚。她的理由是，這是她母親的遺願。

易白完全不在乎，照樣三不五時換女朋友，訂婚的事不聞不問，只保證當天到場。有次他帶著新認識的漂亮女孩出現在我們面前，我真的忍不住發火了。

我跟他說：「安潯是我姐，你們不認識、沒感情我知道，但請做到最基本的尊重！」

易白拍了拍我的肩膀，告訴我：「別太認真，這場婚姻大家都心知肚明，安潯為了我家的錢，我為了給家裡一個交代。」

要不是當時向陽攔著我，我想我會和他大打一架。我氣到不顧一切地朝他大吼：「易白你少自大，安潯一幅畫的價格比你一個月的薪資還高。她為了你家的錢？我呸！」

顯然，易白知道安潯是個畫家，卻從來沒有主動了解過她，竟然以為她是個愛慕虛榮的拜金女。易白似乎也有些意外，皺了皺眉頭，半晌才疑惑道：「那是為什麼？我們並沒有見過。」

我懶得再理他。我準備離開的時候，他跟我說：「安非，你幫我約一下安潯。」

「你不會連她的電話號碼都沒有吧？」我嘴上這麼說，心裡卻想著，如果安潯真的和易白訂婚，我就去搶婚，被我爸打死我也要去。

雖然安潯經常讓我抓狂，但我姐被人如此對待，我怎麼嚥得下這口氣？

易白聳聳肩表示自己確實沒有安潯的電話。他旁邊的女孩見他如此態度，「噗哧」一聲笑了出來，一臉挑釁地看著我，樣子很驕傲、很囂張，像中學時代的安潯，不過安潯不像她這麼討人厭。

那女孩叫陳音兒。我認真記住了她的名字，然後對她笑了笑，說：「安潯比妳漂亮。」

我知道女孩最在意這種話。

她微微變了臉，隨即又控制住情緒，故作鎮定地說：「是嗎？」

我不再理她，將安潯的電話號碼給了易白，讓他自己去約。我想，或許安潯見到他會改變主意悔婚，因為她最看不上易白這種風流成性的花花公子。可顯然我失策了，我忘了易白也是風度翩翩的貴公子，他認真起來還挺迷人的。

第二天上午，安潯接到了易白的電話，那時她正在畫畫。我不知道易白說了什麼，安潯脫下滿是油彩的圍裙，套了件大衣就出門了，真夠隨興。

當下我就在想，我責怪易白不夠重視安潯的同時，其實安潯也從沒主動去了解過易白。

即使是兩人第一次正式見面，安潯也這麼不在意，甚至妝都沒化。

易白其實挺可憐的。

安潯下午就回來了，看不出情緒。我假裝隨意地問她：「去哪裡了？」

她倒是毫不隱瞞：「和易白吃了個午餐。」

「喲，去見未婚夫了。感覺怎麼樣？」

「不討厭。」典型的安潯語氣。

過了幾天我見到易白，那個陳音兒還在他身邊。照他以前的速度早該換女友了，於是我問陳音兒：「妳還沒被淘汰？」

她有點生氣又有點驕傲，可能生氣更多，於是大聲嗆回來：「你姐被淘汰，我都不會被淘汰。」

一票人都安靜下來，向陽可能怕我動手打女人，立刻塞一杯酒到我手裡，還大聲岔開話題：「安非小朋友，來晚了不自罰一杯？」

我壓下怒火看向易白，他坐在沙發上，手裡玩著骰子，看不出情緒。我一口把酒喝乾，對他說：「哥，一直覺得你挑女人的眼光不錯，現在看來也不過如此。」

他不以為意地聳聳肩：「總有失手的時候。」

陳音兒臉色大變，嬌俏地叫他：「易白……」

易白像是沒聽見一般，對我說：「我見了安潯。」

「我知道。」

「我沒見過她這樣的女孩。」

「對你不屑一顧的？」

易白不承認也不否認，只是笑了笑，沉思一下說：「如此超凡脫俗。」

大家都笑起來，以為他是明褒暗貶。易白擺擺手：「你們不懂。」

「那你倒是說說看。」有人問。

易白想了一下，將骰子扔到桌上，瞥了那個陳音兒一眼，說：「不張揚，不高調，不炫耀，不虛榮，偏偏……這些本錢她都有。對了，她對我的評價如何？」

我說：「不討厭。」

那天陳音兒纏著易白要他送她回家，易白視而不見，自己離開了。

之後我再也沒見過那個陳音兒出現在易白身邊，也再沒見過易白身邊有女人。

易白開始關心安潯，聊天時總會提及她，還會主動問起安潯以前的事，認真看安潯的每一幅作品，還會在路過商場的時候心血來潮買下櫥窗裡的漂亮衣服送她，和飯店負責人討論訂婚宴的細節……

而安溽，依舊是不冷不熱的態度。我開始考慮訂婚宴上，我搶婚的目標要不要改成易白，畢竟他也是我的朋友，我不能眼睜睜看他婚姻不幸。

可是，終究沒等到訂婚。

訂婚宴前一天晚上我和安溽外出吃飯，在一間西餐廳碰到那個我幾乎忘了名字的陳音兒。她見到我當然也不會有什麼好臉色，見到安溽，臉色更差。我不知道她怎麼認出安溽的。這女孩除了長得漂亮，真是一點優點都沒有。

陳音兒像我媽喜歡看的狗血劇裡的女配角，直接跟安溽說她懷了易白的孩子，要安溽成全。我差點大笑出聲，安溽當然也不以為意，她只好悻悻地走了。

後來婚顧公司的人打電話給安溽，請她去試試修改好的鞋子合不合腳。去的路上，安溽問起那個陳音兒。我也不隱瞞，告訴她那是易白的前女友。

我也幫易白說了些好話，比如他身邊已經很久沒有女人了；我還跟安溽說，緣分這東西很奇妙，兩個陌生人有可能很快變成此生摯愛，讓她勇敢去追求，不要退縮和害怕。

我覺得我說得挺好的，但不知道哪句話說錯了，安溽把我扔在婚顧公司，就這麼失蹤了……

我成了眾矢之的。為了平息眾怒，我把陳音兒供出來，說她找過安潯。

易白那天是真的發火了，掐著陳音兒的脖子，問她對安潯說了什麼。陳音兒也是個吃軟不吃硬的，氣都喘不過來了還一臉倔強地說：「易白你不是最不屑什麼男女情愛的嗎？你不是鄙視愛情嗎？你不是說愛情是小女孩才會相信的東西嗎？你現在又在幹什麼？」

易白臉色鐵青地要陳音兒滾蛋，陳音兒臨走前還詛咒易白這輩子得不到安潯。

後來，我偷偷把安潯在汀南的事告訴易白，即使安潯威脅我不能說。因為我發現，易白是真的喜歡她，也可能不僅僅是喜歡。

易白說要去汀南找安潯。他不是要興師問罪就是要表白，我覺得後者的可能性比較大，就自告奮勇跟去，當然還有向陽那個傢伙。我們連夜趕到，結果……

那是我第一次見到沈司羽。

雖然當時安潯和他之間沒有一絲親暱，甚至像和其他人一樣，泛泛之交，很少交流，但他們之間的氣氛很曖昧。再加上後來員警的問話，我才知道，何止是曖昧，安潯是真的開竅了。

沈司羽對安潯也是勢在必得，因為他看她的眼神，比易白的更直白、更溫柔。而安潯，應該也是喜歡他的，因為她有時候會不自覺流露出小女人的神態，那是我從沒見過的。

從汀南回來後，易白消沉了一段時間。

沈司羽表現出的強勢讓向陽吃了大虧，我覺得這也是給易白一個下馬威。他身後的沈家誰也不敢去惹，再加上安教授尊重女兒的選擇，和易家商量解除婚約，這些都讓易白無能為力。

安潯和沈司羽還三天兩頭在網路上放閃，那段時間的易白脆弱得讓人不忍卒睹。過年的時候，安潯帶沈司羽去祖父母家，與來拜年的易白狹路相逢。

易白似乎已經調整好自己的情緒，也可能是故作不在意。

那天我們從河邊回來，易白對我說：「安非，我要是早點認識安潯就好了。」

我知道他的意思。訂婚之前的那段時間太短了，還不足以讓安潯喜歡他，反而因為訂婚嚇跑了她。

我說：「哥，你認識她比沈司羽早。」

易白頓了半晌才笑了笑，岔開話題：「安非，你從來沒叫過我姐夫，卻才剛認識沈司羽就這樣叫他了。」

我有點尷尬地抓抓頭，在心裡想了半天該怎麼說。

易白卻慢悠悠道：「我知道，我懂。」

最後我和他說了雪夜沈司羽上山找安潯的事，我問他，換成是他，他會不會上去。

易白想了一下，說：「不會。」

說完他釋懷地笑了，臨走前還拍了拍我的肩膀，對我說「謝謝」，說了兩遍。

關於生氣

習慣了司南時好時壞的臭脾氣，司羽的性格可以說是波瀾不驚了。他對待人和事從來都是從容不迫，沒有什麼人、什麼事能讓他大發雷霆。但是，那天他真的生氣了。碩士論文答辯結束後，剛走出答辯室，他就在電話裡對安潯發火。

論文答辯很成功，司羽心情不錯，離開時教授對他說，要他晚些回國，因為後續還有很多事情要處理，比如選擇發表刊物、整理實驗資料等。

陸欣然送司羽走出大門，叫下一位同學進去後，才有機會和司羽說話：「聽大川說你要結婚了？」

司羽點頭，想到安潯，勾唇一笑：「今年八月舉行婚禮。有時間嗎？」

「如果是你的婚禮，我想教授會准許我請假。」陸欣然說完，抬頭深深地看了他一眼，微微壓低聲音，「沒想到你是第一個，總覺得你會挑剔到三四十歲。」

「我也沒想到，」司羽說著，笑意更深，「會遇到安潯。」

陸欣然微愣，隨即落寞一笑：「真的不繼續讀了嗎？對你來說，很可惜。」

司羽有點心不在焉，也不知道聽見沒有，只是示意她自己要打電話，陸欣然請他隨意。

司羽在走廊上焦躁踱步，因為安潯的電話打不通。陸欣然想說，安潯不接電話可能在忙，但見他如此著急，轉而說：「要不要問問認識的人？」

司羽早已撥了安非的電話：「你姐呢？」

『不知道啊。』安非回答得非常痛快。

「想好了再回答。」

『……姐夫，您答辯順利嗎？』

「去哪裡了？」

『我在家呀。』

「誰問你了？」

『……饒了我吧，你們哪一個我都得罪不起。』

「去哪裡了？」語氣已經變得冰涼。

安非支支吾吾，說了句『埃及』後便立刻掛斷電話。

司羽鐵青著臉掛了電話，緊接著安潯的電話就打了進來。她語氣輕鬆：『沈司羽你找我？我正在畫畫，手機轉靜音了。』

「在哪裡畫？」

『家裡啊。』安潯說起謊來也是臉不紅氣不喘，如果不是安非出賣她，司羽真會被她糊弄過去。

「安潯，妳最好立刻把跟妳一起去埃及的人的名字一一報上來，還有，現在回飯店把地址傳給我，直到我過去找妳。」司羽沉下臉，語氣冰冷，一副沒得商量的口吻。

安潯沉默，一邊生氣一邊想對策。

「說話。」司羽又說。

『沈司羽你凶我。』這就是她想好的對策，『沈司羽你竟然凶我！』

沈司羽：「……」

無語半天，再開口，司羽稍稍緩和了語氣：「安潯，妳知道妳去的是什麼地方嗎？非洲！還有，同行那些人妳每個都了解嗎？」

原本緩和的語氣，卻越說越氣，音量也不自覺提高：「把妳掐死算了。」

省得他天天擔驚受怕。

安潯許久沒說話，他喊了一聲：「安潯。」

「安潯？」他又叫了一聲。

「安潯，立刻說話。」

『……沈司羽，你這樣我會害怕。』安潯這句話說得滿腹委屈，強忍淚意。司羽幾乎立刻棄械投降，「對不起」三個字差點脫口而出。

「妳哭什麼？」這句話還稍稍有點生硬。

「別哭了……」司羽放軟了些語氣。

「我沒凶妳，只是著急……」語氣變得溫柔起來。

「對不起。」

走廊裡等著答辯的人簡直目瞪口呆，包括陪考的大川和陸欣然。有聽不懂中文的同學路過，詢問大川沈司羽這是怎麼了，大川驚奇地說：「你相信嗎？沈司羽從氣急敗壞、發火、認輸、道歉、哄人，只花了短短兩分鐘。」

司羽瞥他一眼，拿著手機走向隱蔽的樓梯間，關門前，眾人聽到的最後一句話是「寶寶，我錯了」。

一出醫學部大樓，沈司羽立刻訂了當天晚上飛埃及的機票。教授聽說沈司羽要走，感嘆：「沈司羽是我見過最戀家的學生了。」

大川表示，戀家倒是沒有，他那是戀愛，也不知道這熱戀期什麼時候會結束。

第二天風和日麗，安潯和幾個朋友以及朋友的朋友一行人剛到孟菲斯博物館花園，便毫無預警的，在拉美西斯二世的雕像下看到了慢慢走近的沈司羽。她以為自己眼花了，畢竟從日本到埃及並不是一段很近的距離。

有人驚喜竟然在這裡遇到這麼漂亮的東方男人，而這個東方男人直接越過前面幾人，走到安潯面前。

安潯驚訝過後，將視線從他身上移開，裝作若無其事地……低頭盯著腳尖。

司羽輕笑：「妳要把地面都盯出一個洞了。」

安潯終於抬頭看他，揚著下巴，露出脖子：「沈先生笑什麼，不動手嗎？」

司羽感到頭大，女人真會記仇。他拉著安潯走向沒人的角落，笑問：「妳還玩上癮了是嗎？」

安潯看著他不說話。

司羽伸手撫摸著她的脖頸：「我可捨不得掐一下。」

隨即，他低頭在她鎖骨上方輕輕印下一吻。

安潯終究心軟了，看在他道歉又求和的分上，伸手回抱他：「以後別凶我了。」

「我要是說沒凶妳，妳信嗎？」司羽該怎麼解釋那是因為著急沒控制好語氣。

「不信。」

司羽：「……」

「還有，以後你也不能生我的氣。」

司羽心下嘆氣，算了，不解釋了，回答「好」就沒事了。

安潯最喜歡聽他說「好」，仰頭吻了他一下。

後來有一天，聰明的沈先生突然領悟，說：「不管妳生氣還是我生氣，似乎最後退讓的都是我。安潯妳也太欺負人了。」

關於婚禮

八月的婚禮迫在眉睫，看著要準備的東西——一套一套的婚紗、鞋子以及各種飾品；聽著管家一遍一遍重複需要注意的禮儀，安潯告訴沈司羽：「我想逃婚。」

司羽點頭：「可以。」

安潯挑眉看他。他接著說：「記得帶我一起跑就行了。」

管家立刻去告狀，於是沈家把古堡後門都鎖上了，還派人緊盯著兩人，如臨大敵。

安潯多次表示她只是說說而已，大家配合地笑了笑，然後繼續盯著他們。

雖說是西式婚禮，但是婚禮前一天，沈司羽被家裡勒令搬離安潯的臥室。沈司羽還覺得奇怪，自己都是半夜偷偷去，家裡人怎麼知道？

眾人回給他一個無語的眼神。多少人多少次一大早看到你睡眼惺忪地從三樓客房下來，不是睡在安潯房裡，難道是睡在安非或者安潯父母房間？

司羽這晚乖乖睡在自己房間，不知是因為旁邊沒有安潯，還是因為第二天要娶安潯，總之，他失眠了。

半夜兩點多，實在很難熬，司羽開門看了看，走廊沒人，直接走上三樓，拿了鑰匙開門。安潯倒是睡得很香。司羽掀開被子，輕輕鑽進去，將安潯摟在懷裡，安潯迷迷糊糊間往他懷裡鑽了鑽。

一夜到天亮。

結果，第二天兩人被敲門聲驚醒，安潯這才發現沈司羽又跑來了。兩人大眼瞪小眼，有種被捉姦在床的感覺。

安潯以洗澡為由，打發走眾人，包括造型師、化妝師等人。

「你什麼時候來的？」安潯問他。

「快三點。睡不著。」

司羽正準備出去，安潯走過去拉住他：「又失眠了？」

他的失眠症一直讓她很擔心。

司羽搖頭：「已經好很多了。」

雖然他早已經做好心理準備，準備了很多很多年，但司南突然離開，還是讓他的心空了一大塊。他們從出生就在一起，司南彷彿是他的一部分，司南離開了，他也就不完整了。

他白天還好，夜晚一來臨，空虛、孤獨的感覺無時無刻不圍繞著他。即使父母朋友都還在，他卻有種無依無靠的感覺，難過焦慮得睡不著，直到他有了安潯，他心裡那個空洞，才再次被填滿。

如今孤獨的感覺很少出現了，即使每每思念起司南，還是心痛難過。

安潯憐愛地吻了他一下。

司羽聽外面沒動靜，開門出去，沒想到管家帶著工作人員等在門口，還有要來找安潯的安潯父母。好樣的，被抓了個正著。司羽淡定地指了指門內：「她洗澡很慢，大家去休息室等吧。」

說完，他和安潯父母道了早安，又吩咐人帶他們去用早餐，這才假裝忙碌地離開。

安教授原本想說成何體統，卻被安媽媽攔住，告訴他大喜日子，別說孩子，安教授憋了回去。

郭管家也懶得告狀，習慣了。

兵荒馬亂的上午，安潯不用動腦子，只需出體力，機器人一樣按照指令行動；沈司羽倒是比她清閒多了，還有空去院子裡用彈弓打無人機。

是的，聞風而來的記者，放出的無人機。

沈老夫人透過窗戶看到院子裡用彈弓打無人機的沈司羽，看著看著就哭了：「好多年沒見司羽這麼孩子氣了。」

二十年了吧，沈司羽和沈司南在院子裡踢球，被他們爸爸抓回去狠狠罵了一頓之後，就再也沒見過兩個孩子在院子裡玩耍打鬧了。

傭人說：「羽少爺很開心。」

肉眼可見的高興。

沈老夫人點點頭，擦了下眼淚，又要傭人拿翡翠、玉鐲、鑽石加到給安潯的新婚禮物中。

在房裡準備的安潯餓到不行，司羽拿了蛋糕過來，一小塊一小塊剝給她吃。怕弄掉口紅，兩人都小心翼翼。安非看不下去：「你們兩個注意一下，旁邊這麼多人呢。」

安潯不以為意，沈司羽像沒聽到。

賓客都是兩家親戚和比較親密的朋友，人不少，但為了保持低調，也不是很多，可能還沒有門口的記者多。

熱鬧但不吵鬧。

安潯回答「I do」後，安教授和安媽媽一起掩面而泣。安非無語，把面紙遞給他們，自己也吸了吸鼻子，假裝若無其事。

沈司羽親吻安潯，眼眶微紅。安潯笑著看他，小聲說：「沈司羽，我會對你好的。」

沈司羽失笑：「別搶我的臺詞。」

趁安潯扔捧花之際，司羽側頭，將那滴將落未落的淚珠擦掉。

這晚，沈司羽發了則貼文，四個字：此生不負。

配圖是他牽著安潯的手，兩人站在牧師面前的一張背影照。

安潯也發了則貼文，和司羽的風格完全不同。

她說：今天被我老公打壞的媒體無人機可以報銷。

沈洲集團官網立刻分享，並留下財務部的郵件信箱。

這晚，安潯搬到了二樓沈司羽的房間。司羽不知饜足地索求著她，直到她撒嬌求饒才放過她。兩人大汗淋漓地躺在床上。安潯迷迷糊糊快要睡著之際，司羽湊到她耳邊喚她：「安潯。」

安潯有氣無力地哼了一聲。

司羽輕輕說：「我愛妳。」

鱘魚夫婦日常

安潯最喜歡的季節是秋天，不是因為天很藍，也不是因為秋高氣爽，只因為她對秋天黃葉落地的蕭瑟荒涼有種莫名的喜愛，可能這種自然現象更能觸動她的文藝細胞，從而產生創作靈感。

她還喜歡深秋的街上涼風吹來，人們瑟瑟發抖地將圍巾圍好，將長風衣拉緊，低頭快走的樣子。

所以秋天是她作畫的高峰期。

新婚住所附近的公車站旁邊種了幾株銀杏樹，這個季節，美得不可方物。安潯剛發現時高興地撿了很多葉子回去做成書籤，後來覺得不滿足，每每想畫畫時，就會到公車站旁的長椅上坐一坐。這個公車站乘客通常不多，她幾乎沒被人認出來過。這天，或許是因為她坐在那裡把玩著掉落的葉子太閒適，兩個等車的女孩多看了兩眼，認出了她。

在確認她是安潯後，一個女孩開口問：「安老師，聽說您要在沈洲飯店開畫展是嗎？」

安潯意外，抬頭看向那個女孩。自從她和沈司羽扯上關係後，或者說，自從她和沈司羽的關係公諸於世後，很多人見到她都是先詢問關於他的事，似乎已經很久沒人問過她畫作的事了。

心裡還是很開心，安潯對她和善地笑笑，說：「這週六。」

「啊，太好了！」女孩展顏笑了起來。安潯見她和另一個女孩高興的樣子，猜想她們或許是美術系學生。她剛想詢問，就聽那女孩問道：「畫展展出的畫還有沈醫生嗎？像〈絲雨〉那種，哦……不用那麼驚豔的也可以，他生活中的樣子之類的，有嗎？」

安潯漸漸收起笑容，好樣的，又是被她老公美色迷惑的無知女孩……好心情頓時沒了，她聳了聳肩膀，興趣缺缺地說：「沒有。」

女孩們很失望，兩人推搡著還想問為什麼，後面突然響起短促的一聲汽車喇叭聲，回頭看去，只見一輛轎車不知何時停在路邊，車窗大開著，那個足以讓兩個女孩尖叫的人就坐在駕駛座上，轉頭看著長椅上的安潯，眉目含笑地問：「妹子，要搭順風車嗎？」

安潯看著這個罪魁禍首，有點哀怨……

沈司羽挑了下眉梢，注意到她旁邊那兩個興奮的女孩，意識到問題所在，有點無辜，心想這一切還不是因為她當初畫的那幅畫……

安潯起身走向副駕駛座，見他兩側車窗都大開著：「怎麼不關窗戶？你會感冒的。」

天氣已經很冷了。

她永遠不會記得繫安全帶，司羽也不再提醒，而是親力親為地幫她繫好，順便告訴她：「幫妳買了榴槤酥。」

「怪不得這麼香。」安潯高興地說。

「再不開窗，我會暈死在車裡。」他說。

他非常討厭這個味道，偏偏安潯喜歡，所以他經常買。

車子絕塵而去，站牌下的兩個女孩目送車子轉彎，才戀戀不捨地收回視線。一個女孩說：「我也想吃榴槤酥。」

「不覺得臭嗎？」

「不會，是甜的啊，戀愛的味道。」

那晚，網路上關於安潯這次畫展不會有沈司羽畫作的消息又傳開了，據知情人士透露，是安潯親口證實此一消息。

很多人去安潯工作室的社群留言，請她再多考慮，但也有很多人贊同，甚至有權威人士讚揚她，讚揚她沒有利用和沈司羽的關係炒作，沒有利用這個大家都關心的話題來製造噱頭，就是單純地用實力說話，大氣。

安潯看到後，高興地哼著曲子走到書房，坐進沈醫生懷裡。沈醫生放下書，抓過她的手，問道：「什麼事這麼高興？」

「可以吻你嗎？」她問。

「當然。」

「我剛吃了榴槤酥也可以嗎？」她又問。

「……也不是不可以。」

良久……

「……你繼續看書吧。」安潯說。

「可能嗎？」司羽瞇了瞇眼。

「……那回臥室。」

再良久良久……

「明天再買些榴槤酥吧。」把玩著懷裡人一縷長髮的男人說。

「不吃了，天天吃會膩。」昏昏欲睡的女人說。

「我吃。榴槤酥似乎不像想像中那麼難吃……」

時光未央

一天，在竇苗陪同下，安潯出去寫生，去了鄰市好幾天，搞得沈司羽有些鬧情緒。

安潯傍晚回到家，先陪家人吃過晚飯，再傳訊息給沈醫生：『能去你那裡洗澡嗎？』

等了很久沈醫生也沒回，安潯接著又傳了一則：『我的床壞了，能去你那裡睡覺嗎？』

上個月，沈司羽在安潯家附近買了間公寓，他搬出來前，對父母說，那裡離醫院比較近。但大家心知肚明，哪裡是離醫院近，明明是離安潯近。不過也沒人戳破，就當他是投資房地產。

這次他倒是回了，但是安潯看不懂。

沈司羽：『樓下左側一百公尺有個便利商店。』

安潯：『然後呢？』

沈司羽：『過來時帶個便當。』

回義大利處理畢業相關事宜的安溽終於回國了，沈醫生再次因為她離開太久而鬧情緒。

醫院裡，有人鬧事，病患家屬打翻了護士的推車，藥水碘酒之類的潑了路過的安溽一身。小護士帶她去換了一套護士服，還熱情地把她的衣服拿去洗淨烘乾。

三樓辦公室裡，護士小姐對準備下班的沈司羽說：「沈醫生，今天專家會診還有一位病人。」

「預約的不是都看完了？」沈司羽有些不滿，這位護士向來知道分寸，「安排到明天。」

小護士低著頭，努力壓抑嘴角的笑意：「可是她說她的病況緊急，而且全院只有沈醫生您能治。」

沈司羽停下脫白袍的動作，奇怪地看了護士一眼：「她得了什麼病？」

話音一落，門外便走進一個人，窄腰細腿，巧笑嫣然：「相思病啊。」

沈醫生微愣，半晌，目光灼灼地看著來人：「誰讓妳這麼穿的？」

安溽踩著高跟鞋走到他面前，輕靠在他的辦公桌上，仰著頭問，「不好看嗎？」說著安溽又拉了拉衣服下襬，「確實不太合身，釦子勉強扣上。」

沈醫生低頭看了她說的那些勉強扣上的鈕釦一眼，立即又不動聲色地斂去眼中的火苗，壓低聲音威脅道：「今天晚上，妳等著。」

婚後某天，沈醫生終於辭去醫院的工作，回沈洲集團當總裁去了。這天董事會會議結束，回到家，他發現安潯竟然破天荒地做了一桌子菜。

見他回來，安潯忙湊上前，安慰道：「從沈醫生變成沈總有沒有不開心？要不然以後我沒事感冒一下，讓你過過乾癮？」

沈司羽扯了扯領帶，眼皮都沒抬地說：「沈太太，妳又忘了我是心臟外科醫生？」說完又加了「專家」二字。

「哦，這樣啊。」安潯拖長音調，修長嫩白的手指慢悠悠地解開襯衫釦子，「我心裡發慌，醫生，您幫我看看？」

沈司羽眼眸幽深地看著她一顆一顆解開釦子……

然後，門鈴響了。

安潯狡黠一笑，又一顆一顆扣上，邊走邊說：「我叫安非過來吃飯。」

沈司羽長腿一邁，跟著過去，按住她要開門的手，對門外的人說：「安非，你兩個小時後再來。」

安潯發現最近自己畫畫的效率非常低，歸根結柢還是要怪沈總太纏人。

這天吃過晚飯，她主動邀請：「要和我一起畫畫嗎？」

沈司羽笑：「安老師教我嗎？」

「好啊，」安潯見魚兒上鉤，「你喜歡什麼我們就畫什麼。」

「喜歡妳啊。」沈司羽回答得理所當然。

於是安潯大致畫了自己的輪廓，又輕輕握住他拿畫筆的手說：「先教沈同學上色，眉是黛色，脣是紅色……」

安潯溫溫軟軟的氣息噴在他耳邊，帶著若有似無的香氣。她微微低頭，髮絲輕垂下來鑽進他的領口，搔動著他的肌膚。她貌似無意地在他耳邊說著話，紅脣輕輕摩娑著他的耳郭，不過畫了幾筆，他便心猿意馬起來……

在他準備反手將她撈進懷裡之際，安潯早一步靈巧地笑著跑開：「不畫完不許動。」

於是，安潯安心去畫室畫畫了。

空氣中還留著她的清香，沈司羽心癢難耐地意識到，自己應該是被沈太太撩了。

兩人的兒子出生後的第三年，一天晚上，沈晏弛小朋友拿著童話故事書敲門進入沈司羽的書房，說：「爸爸，媽媽剛才講了睡美人的故事給我聽。你喜歡睡美人嗎？」

完全沒有童心的某人看了兒子一眼：「爸爸不喜歡。」

沈晏弛小朋友「哦」了一聲，邁著小胖腿走了。

沒想到沒多久，他再次回來：「爸爸，媽媽說她是美人。」

司羽微頓，隨即放下手中的企劃書輕笑起來：「你告訴媽媽，爸爸非常喜歡睡美人。」

「你剛才說不喜歡的。」沈晏弛小朋友奇怪地看著他，不是很理解大人為什麼這麼善變。

司羽走過去摸了摸兒子的頭：「你去叫媽媽過來。」

沈晏弛小朋友應著離開了，不過最終還是他獨自回來：「媽媽說她今天要和我一起睡。」

司羽挑眉，伸手拿起書桌上的手機，撥了一通電話：「安非，你來我家把沈晏弛接走。」

想要個女孩

大兒子沈晏弛上幼稚園後，安潯見到幼稚園裡的漂亮小女孩，喜歡得不得了，回家就問沈司羽：「司羽，你喜歡女孩子嗎？」

沈司羽疑惑，不知道怎麼回答，怕是陷阱題，便說：「不喜歡女孩子，但是喜歡安潯。」越來越怕死了。

他覺得自己回答得挺好，安潯反而不吃這套：「我是說，你想要女兒嗎？」

司羽愣了一下，問：「妳……有了？」

安潯眨眨眼，發現他誤會了，失笑：「沒有，只是覺得，似乎可以再給沈晏弛添個軟乎乎的可愛妹妹。」

司羽沒意見：「妳想要我們就生。」

她很想要，但是她又擔心：「那萬一是個男孩怎麼辦？那就沒辦法幫他穿漂亮的裙子、綁漂亮的辮子，說些只有女生懂得悄悄話了。」

司羽試探地問：「那就再試一次？」

安潯瞪他：「萬一還是男孩呢？」三個男孩子湊在一起，不會連家都拆了嗎？

司羽無奈輕笑：「那代表妳命裡缺女兒。」

安潯嘅嘴：「可能是你命裡缺，連累了我。」

司羽走過去，抱起安潯：「不試試看怎麼知道不是女孩。」

安潯：「……」

這麼有行動力嗎？

阿姨做好了晚飯，沈晏弛來喊他們吃飯，敲了敲臥室門：「爸爸媽媽，你們在做什麼，吃飯啦。」

門內傳來沈司羽的聲音：「幫你添個妹妹。」

沈晏弛回到餐廳，懂事地自己坐在椅子上吃飯，告訴阿姨：「爸爸、媽媽應該在縫布娃娃，我們先吃吧。」

阿姨不是很懂沈先生、沈太太的愛好，還挺有童心。

幼稚園風波

安潯在大兒子沈晏弛四歲的時候生下了沈晏翟，一個粉妝玉琢的小女孩，可愛到每個人見到都想捏一捏。但這僅僅是表面，沈晏翟不過兩、三歲，女王性格就已經展露無遺，到了四歲已是全面失控。

這天，安非接到幼稚園的電話。

老師先是跟他道歉，說他兒子在學校裡被別的孩子欺負了，一直哭個不停，他們怕安黎哭到脫水，希望家人趕緊過來看一下。

「欺負人？這種孩子就應該關在家裡好好教訓，沒有資格上學。妳告訴他別走，我跟他好好聊聊。」安非一聽兒子受欺負，氣火攻心，口無遮攔。

「對方……是女孩子。」老師有點擔心家長會來鬧事。

「女孩？女孩子把我兒子欺負哭了？妳通知這孩子的家長，叫他們來，我要看看什麼樣的父母教育出這種小惡魔。」安非更生氣了，安黎竟然被女孩子欺負，還弄到哭了？

老師尷尬得不知道說什麼才好。

自從沈晏翟進幼稚園以來，短短一個月，安潯已經第四次接到幼稚園老師的告狀電話。

她有點頭痛，為什麼該惹禍的大兒子沈晏弛乖巧懂事，該乖巧的小女兒卻無法無天呢？說好的軟乎乎的可愛貼心女兒呢？

安潯打電話給司羽：「你陪我去幼稚園，我們一起聽老師訓話好不好？」

「晏翟又惹禍了？」司羽的聲音竟然還帶著一絲笑意。

見他如此態度，安潯生氣：「沈司羽，女兒都是你寵壞的！」

他不以為恥，反以為榮：「女兒不就是用來寵的嗎？」就像老婆一樣。

兩人抵達幼稚園，正好見到安非從車子上下來，三人一見面立刻明白是怎麼回事。

這時候老師也走了出來，左手牽著沈晏翟，右手牽著安黎。沈晏翟微揚著下巴，面無表情；安黎哭得一把鼻涕一把眼淚。

安非氣到不行，指著安潯：「你們兩個欺負我還不夠，還指使你們家小惡魔欺負我家安黎！」

「還不去哄哄安黎？瞧他哭得多可憐。」安潯說。

安黎一看爸爸來了，哭聲更響亮了。

安非跑過去，用面紙替安黎擦了擦臉，空出另一隻手，戳了戳沈晏翟的額頭：「小惡魔，小惡魔，和妳媽媽小時候一樣，就會欺負人。」

老師尷尬地看向安溽和司羽，覺得安黎的爸爸太不得體，當著人家父母的面指責人家女兒，還牽連到人家媽媽？

沈晏翟腦袋一歪，斜眼看向安非：「小舅舅，你洗手了嗎？」

安非伸出手掌在沈晏翟臉上一抹：「沒有！」

「幼稚。」安溽對安非十分無語。

老師這才知道兩家的關係，立刻鬆了口氣，還好還好，不會打起來。

司羽走過去，將嫌棄地擦臉的沈晏翟抱起來：「怎麼又欺負安黎哥哥？」

沈晏翟看了哭得上氣不接下氣的安黎一眼，有些疑惑：「我要睡在他大腿上，他偏偏動來動去；要他把大白玩偶拿給我，他也不去；要他幫我脫鞋子他也不會。這麼笨，我就咬了他一口。他為什麼要哭呢？」

老師另一邊的安黎一邊哭一邊用胖手指著自己的臉頰，意思是咬那裡了。

「小惡魔，妳咬他，他當然會哭啊。」安非說。

「可是媽媽咬爸爸的時候，爸爸會笑啊。」

「咳……」司羽輕咳一聲。

「沈晏翟！」安溽壓低聲音對女兒說，「那個……別亂說。」

安非嘆氣：「家庭教育很重要，你們兩個真是煩死了。」

安潯瞪他一眼，對沈晏翟說：「沈晏翟，妳叫安黎別哭了，他喉嚨都啞了。」

沈晏翟在司羽懷裡，居高臨下地看向安黎，說道：「安黎，別哭了。」

安黎像是被按下停止鍵，立刻收聲，只是還有點抽抽噎噎。安非見狀，更加生氣，自己哄半天都沒用，結果小惡魔一句話……他抱起安黎：「這日子過不下去了。安潯，我要和妳斷交，你們家愛欺負人的性格是代代相傳啊！」

安潯看著氣呼呼離開的安非，覺得沈晏翟的教育問題確實需要重視，總是欺負人怎麼可以？安潯蹙眉看著司羽：「司羽，回去我們再好好和晏翟談談。」

「不用啊，她都是跟妳學的，我覺得挺好。」

老師：「……」

好神奇的一家人。

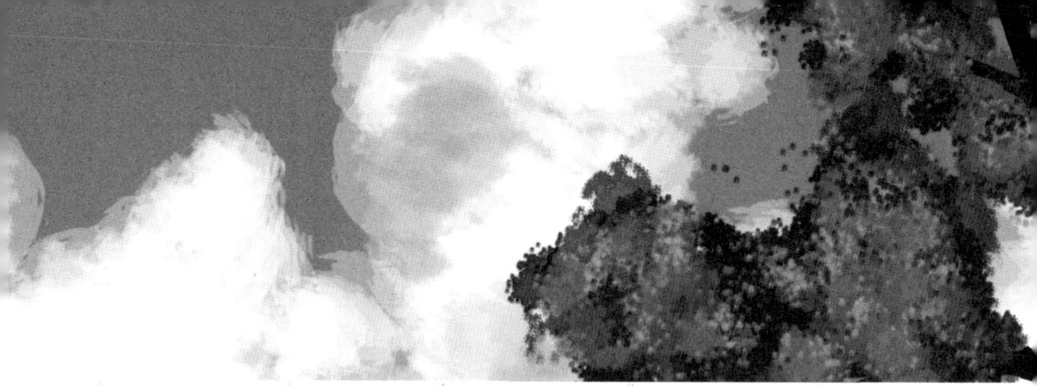

高寶書版集團
gobooks.com.tw

YH 101
汀南絲雨（下）

作　　者　狄戈
特約編輯　余純菁
責任編輯　吳培禎
封面設計　茵萊登曼特
內頁排版　賴姵均
企　　劃　何嘉雯

發 行 人　朱凱蕾
出　　版　英屬維京群島商高寶國際有限公司台灣分公司
　　　　　Global Group Holdings, Ltd.
地　　址　台北市內湖區洲子街88號3樓
網　　址　gobooks.com.tw
電　　話　(02) 27992788
電　　郵　readers@gobooks.com.tw（讀者服務部）
傳　　真　出版部(02) 27990909　行銷部 (02) 27993088
郵政劃撥　19394552
戶　　名　英屬維京群島商高寶國際有限公司台灣分公司
發　　行　英屬維京群島商高寶國際有限公司台灣分公司
初　　版　2022年8月

國家圖書館出版品預行編目(CIP)資料

汀南絲雨/狄戈著. -- 初版. -- 臺北市：英屬維京群島商高寶國際有限公司臺灣分公司, 2022.08
冊；　公分

ISBN 978-986-506-499-0(上冊：平裝). --
ISBN 978-986-506-500-3(下冊：平裝). --
ISBN 978-986-506-501-0(全套：平裝)

857.7　　111012185

GOBOOKS
& SITAK
GROUP©